語言文字叢書

古音之旅

修訂再版

竺家寧　著

目次

再版六刷序

　　《古音之旅》進入了再版六刷，對於一門向來被忽略的「小學」而言，這是一件值得慶賀的事。它不是一部有固定市場的教科書，它只是一本通俗的知識書，它以通俗的筆法介紹了古音的知識。《古音之旅》這樣的一本小書，能受到歡迎，說明了專業知識通俗化的重要，今天的社會，是一個知識爆發的時代，人們渴望接觸各方面知識，這是社會發展的必然。古音知識已不限於專攻語文的人的專利。我們期望所有專業性很高的學術領域，都有學者暫時走出象牙塔為廣大的社會羣眾寫點東西。我們也期望古音的知識繼續引起廣大社會讀者的興趣。

民國八十七年十一月竺家寧序

再版序

　　《古音之旅》第一版兩千本，在不到一年的時間，全部銷售一空，這是意料之外的事。這種知識性的書，和暢銷的散文、小說不同，能有這樣的成績，已經很令人欣慰了。至少，一向被認為艱深難學的聲韻學，人們已經逐漸能接受它，而不再視為畏途了。也許，這是個好的開始，將來會有更多的語文研究者，願意騰出一點時間，為更廣大的學者做一點介紹性的工作，使古代漢語成為社會上一門普遍的知識，就像詩、文賞析成為普遍的知識一樣。

　　第一版裏還有些校對上的缺陷，在這一版裏都儘可能的改正了。另外又補入了兩篇文章：「改變學術史的一次聲韻研討會」、「有關韻書的常識」。使中古音的部分更強化一些。

　　很歡迎讀者閱後能提出討論，給予批評指教。

民國七十七年十月竺家寧序

自序

　　聲韻學一向被認為是一門艱深難懂的學科，不僅是現今大學中文系的學生視為畏途，即使一生與古書為伍的清儒也感嘆聲韻之學是「童稚從事而皓首不能窮其理」的絕學。聲韻學果真這麼難嗎？我們若能仔細檢討其中的緣故，可以發現一般學習聲韻的人，往往沒能避免幾個疏失：語音學的基礎不夠、術語的辨析不清、歷史觀念的模糊、不能隨時吸收新的見解。本書的撰寫正是嘗試從這幾個方向去著力，使有志聲韻的人，能掌握一個正確的方向，不致茫然迷失。

　　聲韻學在古代稱為「小學」，用現代的話說，就是「基礎學科」的意思，要讀好古書，不能不先具備聲韻的知識。接觸古籍，免不了要參考一些古人的注解，如果各家所注不同，你如何辨別孰是孰非？那就得依賴古音的知識，所謂「音韻明而六書明，六書明而古經傳無不可通」。所以，音韻學在使我們不但知其然，它更能幫助我們知其所以然。在今天來說，從事國語文研究或教學者，固然不能沒有這方面的認識，就是一般對中國語文有點興趣的人，也不能對這個領域沒有一些概念。譬如說，方言的音讀、破音字的問題、這個字為什麼這樣唸、那個字又為什麼那麼唸，都有其來源和道理，都需要透過音韻的知識去了解。任何學問不應該是孤立於象牙塔裏的，它應該和社會發生關聯，在日常生活中產生作用，音韻學又豈能例外！因此，本書所舉的實例多半是平常遇到的，撰寫方式也儘可能的通俗化，目標在使任何一位不具備語文學基礎的知識分子，都能閱讀它。

　　目前各大學中文系的聲韻課程總苦於缺乏一部適合的教材，既有

的幾部教科書多半是半個世紀以前寫成的，其中許多觀念已經被修正了，在一部新的、理想的教科書還沒有產生之前，這部《古音之旅》也許可以提供一些幫助，做為中文系學生的參考用書，使學生在自行閱讀中能建立一些觀念，面對書中所提出來的一些問題，也能引發思考，誘導讀者作進一步的探討。筆者之敢於不揣淺陋，擔負起這項介紹古音的工作，原本是想站在一個語文研究者的立場，盡一點應盡的責任。用通俗的筆法寫古音學，前人還沒有做過，這項嘗試到底有幾分成功，還有待驗證。讀者閱後，或許會發現一些不夠理想的地方，還希望能不吝賜教，提出指正。

　　這部書的一部分文章曾分篇發表於《國文天地》月刊，特別要感謝總編輯龔鵬程博士的一再催稿，如果沒有他的督促，恐怕這部書的完成會遙遙無期。高師院國文研究所林慶勳教授協助指正了一些措辭上的毛病，和交代不清的地方，藉此也表示由衷的謝意。

竺家寧序於內湖

民國七十六年仲夏

修訂再版序

　　《古音之旅》初版於一九八七年，整整經歷了三十年，當時的筆者不過剛剛邁入中年，至今已年逾古稀，垂垂老矣。歲月如箭，三十年猶如轉瞬之間，期中這本書已經歷了無數次的重刷與再版，成為無數年輕學者步入聲韻學領域的入門階。

　　前些時，萬卷樓圖書公司吳家嘉主編告知，《古音之旅》準備修訂再版，版面由原來的直排，改為橫排。藉這個機會，筆者重新檢查了內容，作了一些小的更新，大體內容維持不變，以保存原有的精神。

　　《古音之旅》的原始精神在於把學術通俗化，特別是傳統上視為絕學的聲韻學，年輕人往往視為畏途，但是聲韻學的本質不應該是這樣的，它是傳統的入門學科，列在四庫當中的經部，是博通經史的第一步。近世反而變成了少數學者孤芳自賞的珍品，《古音之旅》的原始設想，正是要走出象牙塔，讓所有學文史的人，都能夠分享這門知識的精華，語言現象與我們的生活息息相關，密不可分，古今的語言如一脈長流，不宜也不能抽刀斷水，割裂現代與古代，現代漢語的現象是由過去的因，匯聚成的果，窮源溯流，才能幫助我們不僅知其然，更能知其所以然。在這樣的理解下，筆者發願撰寫「語言十旅」，把語言學相關的知識，寫成十本書，分享給社會大眾，書名都用「〇〇之旅」。《古音之旅》就是這個願望的第一部書。這些年陸續出版的，有《詞彙之旅》（正中書局）、《聲韻之旅》（五南書局）、《語音學之旅》（新學林出版社），正在撰寫的有《語言風格之旅》（新學林出版社）、《漢語語法之旅》（洪葉書局），另外四本正在規劃中。古

人有十全老人之喻，生命如曇花，如白駒過隙，如若這十本書順利完成，對生命、對學術、對社會，就有了一個交代。生命的意義不就是這樣嗎?把光和熱分享給眾生。前半生是在象牙塔裡閉門研究的階段，努力發表一篇一篇的學術論文，後半生就是把光和熱分享給眾生的階段。這就是○○之旅」的精神。規劃中的「語言十旅」就是「生命之旅」！

聲韻學是一門科學，它和文學不同，在於需要不斷的更新，所以，作為教科書，不能萬世不變，必須與時皆進，才能夠把最新的資訊提供給學生。這四百年來，在許多學者的努力下，這門學科不斷的發展，不斷的更新。這是我們學習聲韻學應該掌握的最重要原則。回顧這四百年來的聲韻學發展，可以分為三個階段，第一，是清儒的努力，顧炎武、段玉裁、王念孫等學者，前修未密，後出轉精，一棒接一棒，有如接力賽，在古音研究上曾經作出卓越的貢獻。第二個階段，是民國初年的章太炎、黃季剛，他們在清儒的基礎上，繼續開拓，成為清學的集大成者，是聲韻學史的里程碑。第三個階段，是近世的聲韻學，在現代語言學的衝激下，有如浴火鳳凰，又向前推進了一步。正如同一千多年前，佛教傳入帶來的衝激一樣，當時的聲明論、悉曇章，建構了中古的聲韻學。現代語音學的應用，使得抽象的古音，能夠讓我們更有效地把握住。這個轉捩點的代表人物，是高本漢。接著，董同龢、周法高、李方桂等學者，繼續發揚光大。這個階段不但使用了精確的標音符號，也建構了精密的科學方法、運用了歷史語言學。他們不是另起爐灶，而是在清儒的基礎上繼續發展的成果。有如站在巨人的肩膀上，使聲韻學有了更開闊的視野。不僅僅拘限在漢語，更能夠從語言的共性上，回頭看漢語，獲得了許多的啟發。這是繼一千年前印度語音知識傳入後的再次突破。

然而，今天我們研究漢語，固然借鑑於西方理論之處甚多，有一

個重要原則是不能忽略的，對於西方語言理論應秉持「役之而不為之所役」的原則，不被套牢，不能為求新而新，追求時髦，競逐於這個理論，那個理論。西方人治學講究勇猛創新，積極進取，我一定要跟你有一些不一樣，於是百家爭鳴，百花齊放，十分熱鬧。面對這種特性，我們應有所去取。盲目追求新理論，意義不大。高本漢以來的現代聲韻學家，正是經過這樣的嚴格去取之後的經驗總結。

　　在筆者四十多年的聲韻學研究和教學上，一再自我秉持的一句話，是「小烏龜精神」，強調「可以慢，不能停」，點點滴滴不斷累積的效果是十分驚人的，這就是小烏龜能贏過聰明的小白兔的秘訣。也希望把這點心得分享給聲韻學的朋友們！

竺家寧

序於內湖居

民國一〇五年十二月

聽聽古人的聲音
──聲韻學的效用和目的

聲韻學也就是古音學。古代屬「小學」的一部分，所謂「小學」就是語言文字之學，古人認為這是「博通經史」的必備條件，是治學讀書的根底工夫，所以稱之為「小學」。到今天，它仍是大學中文系的必修課程，也是每個學習中文的人，應備的基本知識。很多人以為聲韻學在研究詩歌、韻文的韻律、腔調或朗讀技巧。其實，聲韻學主要在探討漢語語音的歷史，了解每個時代的語音系統，以及音變規律。因為漢字音的分析，傳統上著重在聲母和韻母，所以這門學科稱為「聲韻學」。

為什麼要研究聲韻學呢？其目的至少有下列幾項：

清儒治學經驗的總結

我們豐富的文化遺產，都保存在經史典籍之中，要真正了解中國文化，豈能不讀懂這些古書呢？而古書就是古代語言的書面記載，所以我們不能不先了解古代語言的狀況，尤其是構成語言基礎的語言。

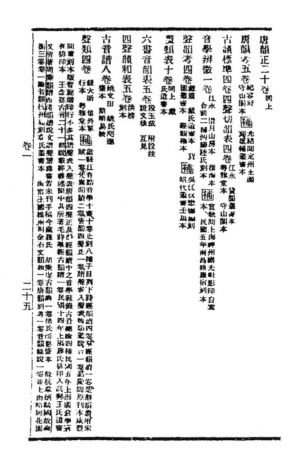

《書目答問》一書中所記載有關聲韻學之圖書

　　清儒對古音研究的意義，有很深刻的體認。顧炎武曾說：「讀九經自考文始，考文自知音始。」[1]戴震說：「凡故訓之失傳者，於此亦可因聲而知義矣。」[2]錢大昕說：「古人以音載義，後人區音與義而二之，音聲之不通，而空言義理，吾未見其精於義也。」[3]段玉裁說：

1　見顧氏：〈答李子德書〉。

2　見戴氏：〈論韻書中字義答秦尚書蕙田〉。

3　見錢氏：《六書音韻表·序》。

「音韻明而六書明，六書明而古經傳無不可通。」[4]王念孫說：「竊以訓詁之旨，本於聲音。」[5]

這些都是清儒治學的經驗之談。可知不明古音，即無法真正了解古書的文意。歷代雖有許多經籍的註解，但只依賴註解，人云亦云，也只能知其然而不能知其所以然。如各家註解分歧不一時，就茫然不知所從了。

了解漢字結構的基礎

形聲字的結構有一半是表音的（稱為聲符），假借字整個都是表音的。所以不明古音，就不能了解六書。

先秦典籍中，假借最多。假借的原則是取音近的字來代替使用，「音近」與否，必以當時的古音為準，如果不懂當時的古音，也就無從找出其本字。戴震說：「夫六經字多假借，音聲失而假借之意何以得？」[6]王引之說：「學者以聲求義，破其假借之字，而讀以本字，則渙然冰釋。」[7]正是表明這個道理。

形聲字佔了漢字的十之八九，其聲符的效用就等於是注音。然而，「江」字的聲符何以是「工」呢？「怡」字的聲符何以是「台」呢？「洛」字的聲符何以是「各」呢？這些問題只有從古音中找答案。

4　見段氏：〈寄戴東原先生書〉。
5　見王氏：《廣雅疏證‧自敘》。
6　見戴氏：《六書音韻表‧序》。
7　見王氏：《經義述聞‧自序》。

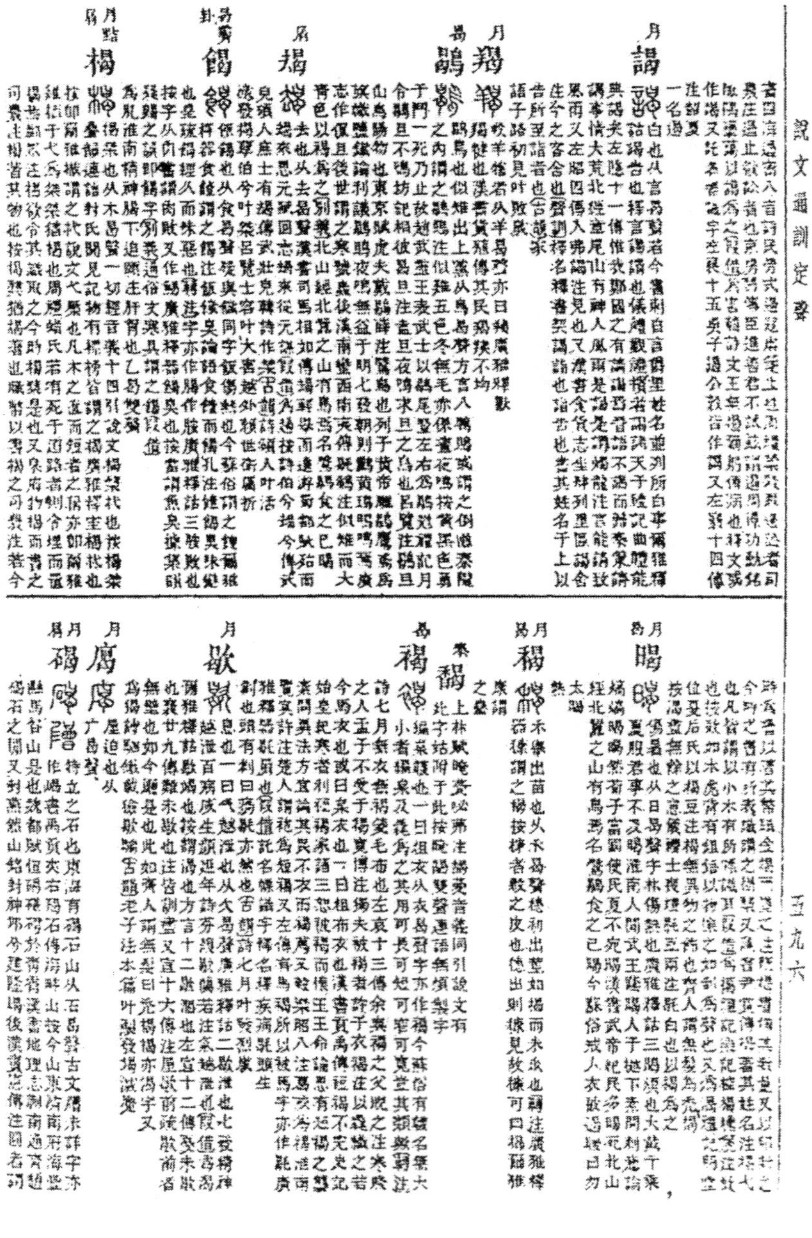
說文通訓定聲
五九六

《說文通訓定聲》把聲符相同的字類聚在一起，是一部很有用的參考書

探尋語義與聲音的所以然

追尋語根（Cognate）必須以古音作基礎。所謂「聲義同源」、「凡同聲多同義」都在說明這個道理。例如「宏、弘、洪、鴻、閎、紅」，發音近似，皆有廣大之義。「霧、帽、暮、無、沒、眊、幕」，音也相近[8]，皆有遮住看不見之義。「升」和「登」、「菽」和「豆」也是同源詞，古代它們的音、義都是一樣的[9]。這也得從古音上去了解。

聲訓本是一種注解字義的方式，但是被選為注解用的字和被注字之間，另還有音近的關係，其目的也在求音義相連的本源。例如《中庸》：仁者人也；《論語》：政者正也；《易·說卦》：乾，健也，都是先秦的聲訓。這種注解方式到了漢代更是十分流行，如《說文》：天，顛也；《釋名》：天，顯也。這些音訓的現象，我們若要研究它，第一步就得知道它們的古音關係，當時的聲母如何？韻母又如何？不能單憑自己口中的讀法去決定。

破音字來源的探索

日常生活中總會遇到一些特殊讀法的字，像讀音、語音啦，正讀、又讀啦，破音字啦。它們是怎麼產生的呢？像「三更半夜」和「自力更生」，「銀行」和「行為」，「乾坤」和「餅乾」，為什麼它們都有一個顎化（palatalized）的讀法[10]？「溪」本來唸ㄑ一[11]，「恢」本

8　這批字都屬上古明母，念 m-。
9　參考本書〈上古音與同源詞〉及〈有趣的複聲母〉兩文。
10　國語的顎化音是ㄐㄑㄒ，上面的「更」、「行」、「乾」都有顎化與非顎化兩個讀法。
11　見《廣韻》齊韻苦奚切。

來唸ㄅㄨㄟ[12]，「側」本來唸「仄」[13]，後來如何類化（analogical change）成目前的唸法[14]？為什麼「突厥」就是 Turk？「吐蕃」就是 Tibet？這些都得透過古音去了解。

《中文大辭典》收了這麼多唸法，它們是怎樣衍生出來的呢？

---

12 見《廣韻》灰韻苦回切。

13 見《廣韻》職韻阻力切，與「仄」同切。

14 參考本書〈善變的嘴巴〉一文「類化作用」條。進一步的討論，可參閱拙著〈漢語音變的特殊類型〉〔《學粹》第16卷1期（1974年3月），頁21-24〕、〈宋代語音的類化作用〉〔《淡江學報》第22期（1985年3月），頁57-65〕兩文。

認識方言和聲韻知識密不可分

中國的方言看起來十分複雜，廣州話、客家話、閩南話、上海話，對北方人來說，簡直就像外國語言。但是，由古音學上看來，它們來自同一個淵源，只是在不同的時代發生了分化，如同一棵大樹的許多枝幹，其根本是相同的。透過聲韻學，可以找出各方言間的親疏遠近，可以推測出它們從古漢語中分化的時代，從而建立起現代方言的系統樹（diagram tree）。

「金侵心音」和「巾親新因」國語唸起來並無區別，為什麼閩南語前者帶了個 -m 收尾？「無、文、微、亡、尾、味」國語都是零聲母，為什麼閩南話前面都帶個 m-（近似 b-）？「共、同、河、強、房、白」等字為什麼江浙人唸起來都是低沈的濁音？而國語則否？「知、治、陳、竹、桌、中」國語都唸捲舌音，為什麼福建人都是 t-聲母？這些也得從古音中了解。

語言和方言的分佈圖

漢語的親屬語言

　　從上古音觀察，可以發現和藏、緬、侗台、苗、瑤諸語言有著密切的關係，這一語羣稱為漢藏語族（Sino-Tibetan Language Family）。日、韓雖有許多詞彙和漢語發音相似，那只是文化接觸而產生的借詞（borrowed words），並非同一原型分衍的結果。至於和英文、法文、德文比較，幾乎看不出有任何跟漢語相似之處，因此我們可以說，漢語和它們既非同源，也絕少有借用的關係，它們是另外不同的語族。

　　由語史的觀察，得以辨別漢語與其他語言的疏密關係，這方面，聲韻學的知識提供了莫大的助益。

鑑別古書的真偽

　　古籍汗牛充棟，其中偽書也不少，有的全偽，有的是部分偽，讀書人不能不知甄別。否則便擾亂了學術文化的進化系統，使社會背景、時代思想、學術源流都發生混淆。辨偽的途徑很多，由古音入手，是很有力的一項。

　　由於各時代的語音不同，偽書中如稍涉及押韻或任何注音的資料，就很容易露出作偽的破綻。例如「為、離」二字上古屬「歌部」，戰國末轉入「支部」。而《老子》第十章以「離、兒、疵、知、雌、為」為韻，可知此章應是戰國末年作品。因為「為、離」完全跟支部字相押了[15]。

15　見梁啟超：《古書真偽及其年代》（臺北市：臺灣中華書局，1969年），頁53。

　　乾隆時代的《四庫全書》別集類有《藝閣集》一卷，舊題宋辛棄疾編。全書依平水韻編排，平聲共三十韻，每韻選列一首近體詩。但辛棄疾的時代在高孝光寧之朝，當時平水韻還沒出現（平水劉淵是理宗末人），怎會用平水韻編排呢？從音韻史上我們知道當時的分韻應是上平聲二十八韻，下平聲二十九韻，所以，我們可以斷定此集是後人偽託的[16]。

古典文學作品的韻律性

　　古來無數優美的詩詞歌賦都是押韻的文章，我們要領略其中的韻味。只了解意義是不夠的，還應該能吟詠誦讀其鏗鏘有致的音調。如果不了解作品當時的語音，這種韻律美勢必被埋沒，本有的情致也必然跟著打了折扣。因此，讀詩經應了解上古音，讀唐詩應了解中古音，那麼，用國語唸起來雖然韻腳不合，用古音去看，仍可以體會其中的鏗鏘之美。

　　押韻之外，還可以透過平仄去析賞近體詩。平聲通常是長的調子，不升也不降；仄聲是短的調子，或升或降。二者交替變化，便具有了節奏美，這和英詩講輕重律的情形類似。

　　此外，還要能辨識雙聲疊韻。如沈括《夢溪筆談》卷十五云：「幾家村草裡，吹唱隔江聞。幾家、村草、吹唱、隔江，皆雙聲。如月影侵簪冷，江光逼屐清。侵簪、逼屐，皆疊韻。」李商隱、杜甫這類例子尤多。最有趣的，是蘇東坡詩：「塔上一鈴獨自語，明日顛風當斷渡！」鄧廷楨《雙硯齋筆記》卷六云：「顛當斷渡，皆雙聲字，代鈴作語，音韻宛然，可謂靈心獨絕。」

16 見張心澂：《偽書通考》（臺北市：鼎文書局，1973年），頁1172。

　　其次，從聲調的錯綜變化也可體會出詩的音韻之美。例如杜審言「和晉陵陸丞相早春遊望詩」，第一、三、五、七句，每句的四聲完備，其餘各句，凡用仄聲處，也必上去入交互運用，絕不重複，故極具抑揚變化之妙。

　　再次，每一種韻腳都有其不同的氣氛情感，例如項羽的〈垓下歌〉：「力拔山兮氣蓋世，時不利兮騅不逝，騅不逝兮可奈何！虞兮虞兮奈若何！」和劉邦的〈大風歌〉比較：「大風起兮雲飛揚，威加海內兮歸故鄉，安得猛士兮守四方！」我們不必看內容，先從音韻上就能感到一個是英雄失意的感慨傷懷，韻腳顯得音短而迫促。一個是英雄得意的慷慨高歌，韻腳宏亮高昂。聲韻上正流露出作者不同的情懷。

王粲登樓的三個樂章

　　王粲的〈登樓賦〉也充分運用了韻腳的音響效果。第一段用 -ju 韻母以表達初登城樓欣賞景物的悠然神態。中段因懷念故鄉而採用了閉

口沈悶的 -jem 韻母。至末段感慨自己的遭遇，情緒轉為悲憤不平，韻
腳遂改為 -jek 韻母，這種短促的入聲正象徵作者內心的焦迫與激動[17]。

再次，韻腳的轉換技巧也往往和內容相配合。如岑參〈走馬川行
奉送出師西征〉一詩，句句用韻，三句一轉，產生「勢險節短」的語
音效果，這種音節正與出師走馬的情境吻合。又〈輪台歌奉送封大夫
出師西征〉一詩，前十四句，句句用韻，兩韻一轉，節拍緊湊，但最
後一韻衍作四句，以舒其氣。唐陳彝則說：「韻經七轉，如赤驥過九
折坂，履險若平，足不一蹶。」又如杜甫〈兵車行〉本用平聲韻，至
「邊庭流血成海水……」以下換用沈重的上聲韻，表示說到這裏，感
情更為激動憤慨，若仍用舒緩的平聲韻，便不能表現這種氣氛[18]。

以上這些，都是以聲韻為出發點，去欣賞韻文的例證。

辭典的宏觀結構與微觀結構

研究學問少不了要接觸到各類工具書，工具書利用得恰當，往往
能收事半功倍之效。過去的字典、辭典、類書常有以韻的順序編排
的，例如《佩文韻府》、《經籍纂詁》、《說文通訓定聲》，以及歷代韻
書。其中有依上古韻部排列的、有依切韻韻部的、有依平水韻的。至
於近代辭書還有依聲母次序編列的，例如《國語辭典》等。這些，都
要熟悉各代語音的類別，才能有效利用。

字典、辭典的主要目的不外為讀者釋音、義之疑難，而歷代注音

---

17 參考許世瑛先生：〈登樓賦句法研究兼論其用韻〉，《國文學報》，1972年6月。該文收
 入《許世瑛先生論文集》（臺北市：弘道文化事業公司，1974年）第二冊，頁917-
 931。
18 以上各例多引自黃永武先生：《中國詩學》（臺北市：巨流圖書公司，1982年）。

方法又不盡相同。例如東漢以來盛行的「反切」[19]，一直到今天的《辭源》、《辭海》、《中華大字典》都還在使用，如不懂反切拼音法，就無法獲得字音的讀法。古人的注音方式還有譬況、讀若、直音等[20]，也必須具備聲韻知識才能了解它。

佩文韻府是一部有用的辭典　　　依平水韻編排的經籍纂詁

19 參閱本書〈反切的故事〉一文。
20 參閱本書〈用眼睛看聲音──漢字標音法的演進〉一文。

古音的化石

　　由於古生物學家的努力，人類進化的歷史，一頁一頁地呈現在現代人們的眼前。這些久遠年代的往事，是誰透露給古生物學家的呢？是不說話的化石。

沈埋古籍「地層」中的化石

　　化石雖然不能說話，但是研究它的人卻可以運用種種的知識去詮釋它。考古學如此，古音學亦復如此。

　　古人的語言無法直接保留到現在，卻間接地刻畫在古籍的「地層」中。尤其是中國文字和西方的拼音文字不同，它不能直接記錄下古人的發音。然而，由於古音學家不懈的「挖掘」與探索，古人的語音也一頁一頁地呈現在人們的眼前。是誰提供了線索？是那些刻畫在古籍「地層」中的化石。

　　中國的歷史悠久，典籍浩翰，因而也提供了我們豐富的語言資料。但是不是每個人都可以辨識這些語言資料，就像沒有考古知識的人只能把河南安陽小屯村曠野裏拾到的那些龜甲、牛骨送到中藥舖一樣。本文的目的就在介紹一些簡單的概念，使讀者也能親身到古籍的「地層」中尋找化石。

由形聲字探訪古音

　　外國人往往誤以為中國字是象形文字，於是堅持中國文字是一種十分原始、保守、不曾進化的文字。因為西方人由他們自己文化背景獲得了一個這樣的文字進化模式：古埃及象形文字 → 腓尼基拼音文字 → 羅馬字母。在西方的天地裏，拼音取代了象形被認為是很自然的事。他們對漢字認識不夠，原不足怪，但是我們自己卻不能有這樣的誤解，而一心想要漢字拉丁化。事實上，中國字雖淵源於象形，卻老早就擺脫了象形的造字方式，今天的漢字百分之九十以上是形聲字，所以漢字只能說是形聲文字，不能說是象形文字。中國文字的演化選擇了一個截然不同的途徑：「象形→形聲」，而不走西方「象形→拼音」的路。可知漢字也在進化，不曾停滯，只是進化的方向和西方不同而已。

　　文字走向形聲比走向拼音有一點更有利的地方；就是形聲字不但能表示發音，也能表示意義，它是耳治，也是目治的文字，它給人的 information 是雙管道的，這點，拼音文字做不到。中國歷史上曾有兩次和高文化的拼音民族接觸，一次是印度的梵文（東漢到隋唐），一次是近代的西方文字。前一次，我們接受了它的宗教、藝術、哲學、文學，卻沒有接受它的拼音文字。後一次，我們接受了它的科技、制度、服飾……然而文字的拉丁化卻徹底地失敗了。這個事實給了我們什麼啟示呢？

　　因為形聲字有表音的功能，所以我們可以透過它去尋找古音的踪跡。例如「隋：墮」、「緒：屠」、「徐：途」、「涎：誕」、「寺：特」這幾組字的前一個，中古音都是 z- 聲母，後一個都是 d- 類的聲母。由於它們都具有相同的「聲符」（例如隋、者、余、延、寺），在造字的時代（上古音）應該有個相近的發音，絕不會一個唸 z-，一個唸 d-。

由此，我們可以推測各組的前一字在上古時代應該也是個類似 d- 的音[1]。

正因為漢字是形聲字，所以留給我們龐大的資料去探訪古音，利用形聲字不但有助於揭開上古音聲母的真相，也能藉以了解上古音的韻母、聲調狀況。

由古韻語探訪古音

古代有許多押韻的作品保留下來，我們只要確定這批韻語的時代，加以歸納其韻腳，就能了解這個時代的韻母狀況。例如「馬」字，在《詩經》漢廣裏和「楚」押韻、在《詩經》於田裏和「舞」押韻，在〈九歌〉國殤裏和「鼓」押韻，那麼，在那個時代（上古音）「馬、楚、舞、鼓」的韻母應該是類似的（屬〔-ag〕元音）[2]。

又如陶淵明詩〈蠟日〉把「花」字和「和、多、歌」一起押韻；〈擬古之七〉把「華」字和「和、歌、多、何」一起押韻，可知當時這些字的韻母也是類似的（屬〔-a〕元音）[3]。

1　這種現象在古音學裏叫做「邪紐古歸定」。
2　這些韻腳字屬於上古「魚部」。
3　這些韻腳字屬於廣韻歌、戈、麻韻。

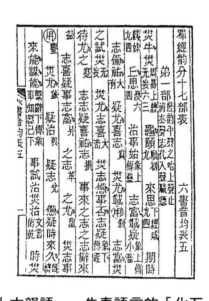

段玉裁利用上古韻語——先秦語言的「化石」探訪古韻部

由異文假借探訪古音

　　古書常常有不同的本子，這個本子用此字，另個本子卻用別的字，叫做「異文」。這種異文往往是同音字（古代同音，現在不一定同音），同音的字互相替換使用，就是「假借」。利用這項資料，也可以了解古音。

　　譬如說，《易經》「匪夷所思」，《釋文》提到有個本子作「匪弟所思」；《左傳》「邢遷於夷儀」，《公羊》作「陳儀」（陳古音 d-）；《詩經》「周道倭遲（古音 d-）」，《韓詩》作「周道威夷」。由這三條資料可知「夷」；常和唸 d- 的字發生假借，那麼，「夷」在當時必然也是個接近 d- 的音[4]。

4　這種現象在古音學裏叫做「喻四古歸定」。

　　又如：《尚書》禹貢「至于陪尾」，《史記》作「負尾」；《詩經》「匍匐救之」，檀弓引作「扶服」；《論語》「且在邦域之中矣」，釋文說「邦或作封」；《詩經》「天立厥配」，《釋文》說配又作妃。由這四條資料可知國語唸ㄈ的，古音原本都唸作ㄅ或ㄆ的音[5]。

由讀若、聲訓、直音探訪古音

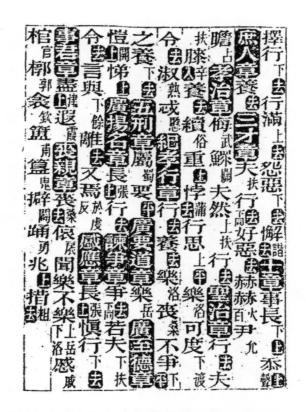

宋代的《九經直音》是宋代語音的「化石」

5　這種現象在古音學裏叫做「古無輕唇音」。

　　漢儒注音常取音近似的一字注另一字之音，稱為「讀若」。例如《說文》：「婪讀若潭」、「坴讀若逐」、「酴讀若廬」隋唐音其中一個唸 l-，一個唸 d-（古音），漢代的差別一定沒那麼大，那麼，其中一定有 dl- 的唸法存在。dl-（隋唐變 l-）和 d- 就近似多了。

　　漢儒喜歡用個音近的字來解釋另一個字的意義，稱為「聲訓」。例如《釋名》「寡，倮也」、「領、頸也」、「勒，刻也」；《說文》：「牯，牢也」、「倞，彊也」、「旍，鈴也」、「老，考也」；《毛詩》「流，求也」、「穀，祿也」、「康，樂也」。這些例子隋唐音都是其中一個唸 l-；一個唸ㄍㄎ一類的音。漢代兩字間的差異一定也沒有那麼大，原來，上古音裏它們是 KL- 型的複聲母。一個唸 kl-，一個唸 gl-，就近似多了[6]。

　　在還沒有注音符號以前，最簡便的注音方法就是找個同音字來注音，叫做「直音」。例如宋代的《九經直音》有「倪音宜」、「黎音梨」、「稽音基」、「戾音利」、「羿音毅」。這些字在中古音裏本來不同音的，一個在齊韻（四等韻），另一個在支脂之（三等韻）。由這些資料，顯示了在宋代它們變得沒有區別了（原來三等韻的開口度要比四等韻大些）[7]。

由反切和韻圖探訪古音

　　反切的常識在本書「反切的故事」一文中將作介紹。古音的痕跡經常刻繪在反切中。例如《釋文》「卷」字有「居晚反」、「力轉反」兩音；《玉篇》「濂」字有「里兼切」、「含鑒切」兩音；《廣韻》「鬲」

6　KL- 型音母的演化規則是：kl->k-，gl->l-。

7　參考拙著《九經直音的韻母系統》（臺北市：文史哲出版社）。

字有「古核切」、「郎擊切」兩音。這些字隋唐都是一音唸 l- 類，一音唸 k- 類，反映了上古的 kl- 型聲母。後來 kl- 分化成 k- 和 l- 兩讀，一字才有了不同的唸法。

等韻圖的知識在本書〈中國古代的『字母』和奇妙的『等韻圖』〉一文中也將作介紹。韻圖是把聲、韻、調縱橫組織起來的語音表，使人從圖表的位置上就可以知道某字的音讀。它可以幫助我們了解中古音的狀況。不過，要讀懂等韻圖，先得具備一些等韻學的常識。

由域外對音探訪古音

六朝隋唐之間印度文化大量輸入，當時學者用漢字譯梵音也為今人留下了許多古音的痕跡。例如「阿彌陀」梵語為 amita，「波羅密多」為 paramita，「佛陀」為 Buddha，「婆羅門」為 Brahman，「羅剎」為 raksha，「吠陀」為 veda，「首陀羅」為 sudra。這裏面國語唸ㄨㄛ韻母的字，梵語都是〔a〕音，則六朝隋唐之間這些字也一定唸〔a〕韻母。這類資料叫做「對音」。

大般若波羅蜜多經卷第一

法師玄奘奉詔譯

釋經題本梵語

初分緣起品之一

般　晉鉢本梵音云鉢囉（二合）嬲取羅字上聲彙轉舌即是羅字古云般者訛略也

若　孃取上正梵晉根孃（二合）枳音雞以反而者反上聲二字合爲一聲古云若者略也

羅　正梵晉應云囉准上聲轉舌呼之

蜜多　正云弭多弭迷以反

波　正梵晉若根孃（二合）枳音雞以反播波偷反引

摩賀　引鉢囉（二合）合播引囉舌彈弥多梵云摩賀

具足應言

大唐言鉢囉（二合）枳孃（二合）唐言慧亦云智慧或云播引

大唐言鉢囉（二合）枳孃云正了知義淨作此解

《一切經音義》波羅密多的注音

現代生存的「活化石」

　　一九三八年十二月二十二日在南非外海作業的漁船突然捕獲了一條長著鰭肢的怪魚，經生物學家鑑定，竟然和四億年前到七千萬年前的一種魚類化石同一種類，這種早被認為絕種的古生物，雖經歷了億

萬年歲月，形體上竟然沒有發生變化，它完整地保留了祖先的模樣，於是大家都把它叫做「活化石」（living fossils）。

古代語言也是一樣，許多各式各樣的古音，往往在漫長的歷史歲月中，一個一個的消失、改變。我們要了解這些古代語言，除了在古籍的「地層」中搜尋「化石」（語料）外，我們也可以發現「活化石」——保存在方言或同族語言當中的古音成分。透過這種語言「活化石」的研究，那些早已消失的古音，又可以重新擬構出來。

舉個例說，像「白、同、除、強、何、情、牀、神、時」等字上海人唸起來是不是很特別呢？原來，它們就是中古音裏的濁聲母字，近代幾乎都消失了，我們卻在江浙話裏尋到它的蹤跡。又如「飯、房、芳、分」等字閩南話不唸ㄈ（輕唇音），卻唸ㄅ、ㄆ（重唇音），原來，閩南話是保存了中古音的讀法。又如「耳、二」等字在客家話裏是唸鼻音，不唸國語的ㄦ，原來，這也是古音的遺跡。其他如「竹、知、張、中」唸成ㄉ聲母、「侵、談、鹽、添」的收尾唸成雙唇鼻音、「屋、質、德、合」發音格外短促……諸如此類都是古音現象，也都可以在某些方言中找到，這些都是「活化石」——殘留在現代活語言中的古音。

中國境內還有一些同族語言，如廣西的壯語、瑤語、貴州的布依語、苗語及侗語、雲南的彝語、白語、西藏的藏語，以及境外的緬甸、泰國、寮國都屬於「漢藏語族」，都可以找到一些古音的「活化石」，不過，它們所代表的古音，時代要早得多了。例如「孔」古音〔klug〕，泰國話正是唸 klong（見林語堂《語言學論叢》）、「午」字古音〔sŋa〕，在某些傣語（Tai）方言裏正是唸〔saŋa〕（見董同龢《上古音韻表稿》）、「藍」字古音〔klam〕，泰國語正是唸 khram（見高本漢《中國聲韻學大綱》）、「卒」字古音〔stut〕，西藏正是唸 sdud

（見包擬古《藏語 sdud 與漢語卒字的關係》[8]）、「損」字古音
〔sguən〕，西藏正是唸 skum-pa（見包擬古《反映在漢語中的漢藏語
s-複聲母》[9]）。這些「活化石」都對古音的研究有莫大的幫助。

汉语

藏语支：藏语、嘉戎语、门巴语

景颇语支：景颇语

藏缅
语族

彝语支：彝语、傈僳语、哈尼语、拉祜语、纳西语、基
　　　　诺语

缅语支：载瓦语、阿昌语

语支未定：珞巴语、僜语、独龙语、怒语、土家语、白
　　　　　语、羌语、普米语

汉藏
语系

苗瑶
语族

苗语支：苗语、布努语

瑶语支：勉语

语支待定：畲语

壮侗
语族

壮傣语支：壮语、布依语、傣语

侗水语支：侗语、水语、仫佬语、毛南语、拉珈语

黎语支：黎语

仡佬语支：仡佬语

漢藏語族表（台灣用「語族」下分「語系」，大陸則反之）

地層化石和活化石的相互印證

這些「活化石」的獲得，必須依靠古音學家耐心地去蒐集、鑑
別，所發現的某類現象還應在古籍的語料中得到印證。例如上面提到

8　見中央研究院《歷史語言研究所集刊》39本下冊（1969年），頁327-345。
9　見《中國語言學報》1卷2期（1973年）。

的方言和同族語言的現象，都可以在古籍語料中找到大量平行的例
證。因而我們才能確認這個古讀。正如同古生物學家在地層中掘出恐
龍骨骼的化石，還得對現存的爬蟲類有相當的了解，才能有完整的恐
龍知識。

　　探討古生物，不能不對它的演化歷程，提出一個理論上的解釋。
同樣的，我們說古音是這樣唸，或是那樣唸，除了材料上的證據之
外，必須能夠說出它是怎麼演變的。它如何從更早的時代演化成那個
唸法，又如何從那個唸法轉變成今天的讀法。語音的轉變和生物的演
化一樣，都是有條理規則可尋的，不是任意而變的，它必須合乎「語
音律」（phonetic law）。像「同化作用」、「異化作用」、「顎化作用」、
「唇化作用」、「類化作用」都是語音律[10]。

　　所以，古音的研究光是抱幾部古音材料鑽研，或只是針對文字歸
納整理都是不夠的，一定要有相當的方言學、漢藏語學、語言學、語
音學的知識。反過來說，這些知識雖都精通了，對古籍資料不能有效
的掌握，仍然談不上真正的古音研究。

10 參閱本書〈善變的嘴巴〉一文。

揭開古音奧秘的利器
——語音學

一　工欲善其事，必先利其器

　　大家都知道，要練好書法，必須有一枝好毛筆；工匠製造器物，必須有套好工具；同樣的道理，想把古音弄清楚，也必須擁有一套利器——語音學。因為「古音」既看不見，也摸不著，如果沒有一套精確、具體的方法，又如何能使人明白呢？陳伯元先生在聲韻學導讀 [1] 一文中論及怎樣學習聲韻學，第一點就提出「審明音理」，他解釋說：「聲韻學（即古音學）既是研究人類口齒所發的音為宗旨，就必須能夠辨識各種音素的發音部位和方法。」正是強調語音學的重要。

　　語音學包含兩方面：一、如何把某一個音精確地描述出來？針對此，我們必須懂得音標。音標之於古音學，正如五線譜之於音樂，阿拉伯數字之於數學一樣。我們可以想像，沒有五線譜和阿拉伯數字，如何學好音樂和數學呢？二、語音的分類、性質、結構、變化等知識，正如音樂必講究樂理，數學必了解其演算方法一樣。

二　國際音標（IPA）可以拼寫全世界的語言

　　我們平常說的話，除非有錄音機錄下來，要不然說過了也就沒有

1　見陳伯元先生《音略證補》一書，文史哲出版社。

痕跡了。有了音標，便能打破這層限制，用有形的符號，把語音保存下來。音標有很多種，其中最著名，使用最廣的，就是「國際音標」（International Phonetic Alphabet），簡稱 IPA。

這是全世界通用的一套標音符號，由各國語言學家共同研究制定，在一八八八年公布初稿。其原則是一個符號只代表一種發音，一種音也只有一種符號表示；凡是人類語言所有的音，都能表示。

由前一個特性，我們知道它和英文不同，英文字母在單字中的發音往往不易確定，例如不同的字母可表示相同的發音：to, too, two, through, threw, clue, shoe；相同的字母卻表示不同的發音：dam, dad, father, village, America, many；有的字母又不發音：whole, resign, ghost, hole, corps, psychology, sword, debt, gnaw, lamb, island, knife。

由後一個特性，我們知道平日所學的英語音標只是整個國際音標的一部分，只是學英語必須的那幾個而已。如果學會全套音標，你就能記錄下全世界任何一種語言，即使時隔多年，你再拿出記錄，仍可以精確的發出那種語言的聲音。別人記的音，你雖然從來沒聽過那種語言，也可以依據音標正確地唸出來。因此，音標的最大功能就是打破了時空的限制。

古代音和現代音不同，正如本國音和外國音有不同一樣。我們學國語可以利用注音符號，學古音就不行了，因為古音有許多是國語所沒有的音，而國語所有的音，古音也未必全有。更何況古音的範圍又是如此悠久，秦漢、六朝、隋唐、兩宋……它們的音也不全同，我們要把各階段的古音弄明白，沒有國際音標，一定非常的不便。

THE INTERNATIONAL PHONETIC ALPHABET (revised to 2015)

CONSONANTS (PULMONIC)

© 2015 IPA

	Bilabial	Labiodental	Dental	Alveolar	Postalveolar	Retroflex	Palatal	Velar	Uvular	Pharyngeal	Glottal
Plosive	p b			t d		ʈ ɖ	c ɟ	k ɡ	q ɢ		ʔ
Nasal	m	ɱ		n		ɳ	ɲ	ŋ	N		
Trill	ʙ			r					R		
Tap or Flap		ⱱ		ɾ		ɽ					
Fricative	ɸ β	f v	θ ð	s z	ʃ ʒ	ʂ ʐ	ç ʝ	x ɣ	χ ʁ	ħ ʕ	h ɦ
Lateral fricative				ɬ ɮ							
Approximant		ʋ		ɹ		ɻ	j	ɰ			
Lateral approximant				l		ɭ	ʎ	ʟ			

Symbols to the right in a cell are voiced, to the left are voiceless. Shaded areas denote articulations judged impossible.

CONSONANTS (NON-PULMONIC)

Clicks	Voiced implosives	Ejectives	
ʘ Bilabial	ɓ Bilabial	'	Examples:
ǀ Dental	ɗ Dental/alveolar	p'	Bilabial
ǃ (Post)alveolar	ʄ Palatal	t'	Dental/alveolar
ǂ Palatoalveolar	ɠ Velar	k'	Velar
ǁ Alveolar lateral	ʛ Uvular	s'	Alveolar fricative

OTHER SYMBOLS

ʍ Voiceless labial-velar fricative

w Voiced labial-velar approximant

ɥ Voiced labial-palatal approximant

ʜ Voiceless epiglottal fricative

ʢ Voiced epiglottal fricative

ʡ Epiglottal plosive

ɕ ʑ Alveolo-palatal fricatives

ɺ Voiced alveolar lateral flap

ɧ Simultaneous ʃ and x

Affricates and double articulations can be represented by two symbols joined by a tie bar if necessary.   t͡s k͡p

VOWELS

	Front	Central	Back
Close	i • y	ɨ • ʉ	ɯ • u
	ɪ ʏ		ʊ
Close-mid	e • ø	ɘ • ɵ	ɤ • o
		ə	
Open-mid	ɛ • œ	ɜ • ɞ	ʌ • ɔ
	æ	ɐ	
Open	a • ɶ		ɑ • ɒ

Where symbols appear in pairs, the one to the right represents a rounded vowel.

DIACRITICS Some diacritics may be placed above a symbol with a descender, e.g. ŋ̊

̥	Voiceless	n̥ d̥	̤ Breathy voiced	b̤ a̤	̪ Dental	t̪ d̪
̬	Voiced	s̬ t̬	̰ Creaky voiced	b̰ a̰	̺ Apical	t̺ d̺
ʰ	Aspirated	tʰ dʰ	̼ Linguolabial	t̼ d̼	̻ Laminal	t̻ d̻
̹	More rounded	ɔ̹	ʷ Labialized	tʷ dʷ	̃ Nasalized	ẽ
̜	Less rounded	ɔ̜	ʲ Palatalized	tʲ dʲ	ⁿ Nasal release	dⁿ
̟	Advanced	u̟	ˠ Velarized	tˠ dˠ	ˡ Lateral release	dˡ
̠	Retracted	e̠	ˤ Pharyngealized	tˤ dˤ	̚ No audible release	d̚
̈	Centralized	ë	̴ Velarized or pharyngealized	ɫ		
̽	Mid-centralized	e̽	̝ Raised	e̝ (ɹ̝ = voiced alveolar fricative)		
̩	Syllabic	n̩	̞ Lowered	e̞ (β̞ = voiced bilabial approximant)		
̯	Non-syllabic	e̯	̘ Advanced Tongue Root	e̘		
˞	Rhoticity	ɚ a˞	̙ Retracted Tongue Root	e̙		

SUPRASEGMENTALS

ˈ	Primary stress	ˌfoʊnəˈtɪʃən
ˌ	Secondary stress	
ː	Long	eː
ˑ	Half-long	eˑ
̆	Extra-short	ĕ
ǀ	Minor (foot) group	
ǁ	Major (intonation) group	
.	Syllable break	ɹi.ækt
‿	Linking (absence of a break)	

TONES AND WORD ACCENTS

LEVEL			CONTOUR		
e̋ or ˥	Extra high		ě or ˩˥	Rising	
é ˦	High		ê ˥˩	Falling	
ē ˧	Mid		é̌ ˧˥	High rising	
è ˨	Low		è̌ ˩˧	Low rising	
ȅ ˩	Extra low		ê̌ ˧˩˧	Rising-falling	
↓ Downstep			↗ Global rise		
↑ Upstep			↘ Global fall		

Typefaces: Doulos SIL (metatext); Doulos SIL, IPA Kiel, IPA LS Uni (symbols)

國際語音學會公布的2015版國際音標

三　輔音和元音並不等於聲母和韻母

不論中國人、外國人、古代、現代，說的話雖是千變萬化，一大堆奇奇怪怪的發音，但是歸納其性質，不外兩類：輔音（consonant，又稱子音）、元音（vowel，又稱母音）。如果我們了解這兩類音的特性，不但學外語較容易，對了解古音，也方便很多。

所謂輔音，是指發音時，氣流到了口腔某點受到阻礙，產生調節作用，於是形成了各種各樣的輔音。輔音又分兩種：濁音（又稱有聲子音）是發音時聲帶會顫動的音，例如注音符號的ㄇㄋㄌㄖ等；清音（又稱無聲子音）是發音時聲帶不顫動的音，例如ㄅㄆㄈㄎ等。

所謂元音，是指發音時，氣流在口腔中不受什麼明顯的阻礙，只要把共鳴器——口腔的形狀稍微改變一下，就能構成許多不同的元音。發元音時，聲帶一定會顫動，所以元音都是濁音，例如ㄧㄨㄩㄚ等。

另外有兩個術語是不能和輔音、元音混為一談的。那就是聲母和韻母。輔音、元音是語音性質的分類，聲母、韻母是語音功能的分類。聲母是一個音節的開頭部分，韻母是一個音節的後面部分。例如「巴」字的ㄅ是聲母，ㄚ是韻母。聲母通常由輔音擔任，但是輔音不完全作聲母用，例如「先生」兩字的韻母中所帶的鼻音，就屬於輔音，閩南話「力、出、業」等字的韻母中所帶的塞音，也屬於輔音[2]。

韻母的分析如果再細一點，是由介音、主要元音、韻尾三個段落構成。例如「威」字的韻母（此字沒有聲母，這種情況稱「零聲母」[3]）用國際音標表示是〔-uei〕，其中 u 是介音，e 是主要元音，i 是韻尾。在國語裏，有些字缺少介音，例如「賽、毫、單、通……」

2　這幾個字是入聲字，收尾有個 -k－t－p，叫做塞音。入聲字國語已經不存在了，閩南話還能發得出來。

3　國語唸「牙、我、安、用……」等字，都是零聲母。

等；有些字缺少韻尾，例如「家、鞋、蛙、我……」等；而主要元音是個不能缺的成分，每個字都有個主要元音。

要了解古音，有幾個傳統的術語必須明白。古人依介音的不同，有「開、合」「洪、細」的區別。介音（或主要元音）是 u 的，稱為合口呼，否則即為開口呼；介音（或主要元音）是 i 的，稱為細音，否則即為洪音。

這和國語的「開、齊、合、撮」四種發音雖有前後演化的關係，卻不能混為一談。「齊、合、撮」三類相當於注音符號的ㄧㄨㄩ三種介音，除此之外即為「開」[4]。

若依韻尾來分類，可以分為陰聲韻（以元音收尾者）、陽聲韻（以鼻音收尾者）、入聲韻（以塞音收尾者）三種。例如「你我他」三個字全是陰聲字；「英雄」兩字是陽聲韻；閩南話「職業」二字是入聲韻。

四　基本元音

元音的區別，依靠三個條件：舌位的高低、發音部位的前後、唇形的展圓。由這三個標準衡量，差異性最大的三個元音是 iua，稱為「基本三元音」。i 是最高最前的音，u 是最高最後的音，a 是最低的音。正因為這三個音差異最大，所以用在語言中，辨義作用最明顯（沒有人會把 i 聽成 u，也沒有人會把 a 聽成 i），因而在所有的語言中都有這三個音，牙牙學語的幼兒也最先能發這三個音。

把基本三元音擴大一點，就是「基本五元音」：aiueo。增加的 e

4　例如「巴、白、杯、包」都是開，「比、別、表、賓」是齊，「布、破、短、東」是合，「屈、全、羣、兄」是撮。古音沒有撮口呼。近世的撮口是由古代的合口細音經唇化作用產生的（iu>y）。

比 i 開口度更大一些，o 比 u 也大一些。它們的差異性也相當明顯，所以全世界大部分的語言都有這五個音，例如西班牙語、拉丁語、捷克語、波蘭語、希臘語、日語、夏威夷語……等。

　　通常前元音是展唇的（嘴唇不必圓起來），後元音是圓唇的。很少語言會脫離這個「前展後圓」的規範。

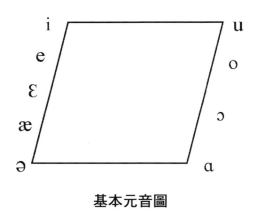

基本元音圖

五　輔音到底有幾種？

　　如果按發音部位，有雙唇音（古人稱重唇音），ㄅㄆㄇ是也；唇齒音（古人稱輕唇音），ㄈ是也；齒間音，英文的 th 是也；舌尖音，ㄉㄊㄋ（古人稱舌頭音）、ㄗㄘㄙ（古人稱齒頭音）是也；捲舌音，ㄓㄔㄕㄖ是也；舌尖面音，英文的 sh sh 是也；舌面音，ㄐㄑㄒ是也（以上兩類古人稱正齒音）；舌根音（古人稱牙音），ㄍㄎㄏ是也；喉音，英文的 h 是也。

　　如果按發音方法分，有「塞音」，發音時，口腔通道封閉，氣流衝出，如ㄅㄆㄉㄊㄍㄎ是也；「塞擦音」，發音時，口腔通道雖也封閉，氣流卻是前半衝出，後半從衝開的狹窄隙縫擠出，如ㄐㄑㄓㄔㄗ

ㄘ是也;「擦音」,發音時,氣從口腔的隙縫擠出,如ㄈㄏㄒㄙㄖㄙ是也;「鼻音」,口腔通道關閉,氣流從鼻腔出去,如ㄋㄇ是也;「邊音」,氣從舌的兩邊出去,如ㄌ是也;「閃音」,舌尖很快的向上拍打一下,如英文的 r 是也。

在大部分的語言裏,塞音、塞擦音、擦音都各有清濁兩類。在漢語裏,塞音和塞擦音還分送氣(發音時氣流強些)、不送氣(發音時氣流弱些)。前者如ㄆㄊㄎㄑㄘ等,後者如ㄅㄉㄍㄓㄐㄗ等。

古人把聲母分為「唇、舌、牙、齒、喉」五大類,稱為「五音」,這樣的分類是相當精當的,只是名稱上,牙、齒二者乍看不易區分而已。古人還有把聲母分為「發、送、收」或「戛、透、轢、捺」的,就現代語言學看起來,不夠精確,今天已經沒有採用的價值了。

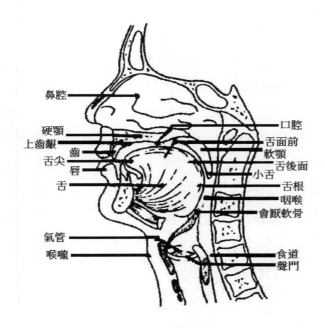

發音器官圖

六　漢語的特徵——聲調

在西方語言裏，主要的辨義要素依賴元音和輔音，漢語則多了「聲調」的區別。聲調是指每個字音都有個固定的音高變化（pitch pattern）。我們聽西方人講中國話最好笑的，就是拿不準聲調，「你好嗎？」可以說成「ㄋㄧˊ ㄏㄠ ㄇㄚˇ」或「ㄋㄧ ㄏㄠˊ ㄇㄚˋ」，因為聲調對他們來說，是個完全陌生的成分。東方語言中，有幾個和漢語同族的語言也是有聲調的，像藏語、緬語、泰語、越語（和漢語的關係尚無定論）等。

國語有四個聲調：陰平（第一聲）、陽平（第二聲）、上聲（第三聲），去聲（第四聲）。古代也有四個聲調：平（變成國語的陰平和陽平）、上、去、入（國語此調消失）。

聲調有三種基本表現方式：平調（音高始終不變，如國語的第一聲）、升調（音高由低轉高，如第二聲）、降調（音高由高轉低，如第四聲）。由這三種方式可以衍生出許多複合類型（compound pitches），例如第三聲的先降後升即是[5]。

根據古音學的研究，聲調的產生和轉變跟輔音有密切的關聯，無論是韻尾的輔音或聲母的輔音，都會對聲調的演化產生影響。例如李方桂、Haudricourt[6]、Pulleyblank[7]都認為在先秦時代還有許多類的輔音韻尾，後來消失，變成了中古的四聲。越語的某些聲調也是由 -s（>-h）或喉塞音韻尾轉化成的[8]。藏語也有類似的狀況，辛勉先生在

5　見 *Introductory Linguistics*, R. A. Hall Jr. 虹橋書店，頁73。

6　Haudricourt 著、馬學進譯：〈怎樣擬測上古漢語〉，《中國語言學論集》（臺北市：幼獅文化事業公司，1979年），頁198-226。

7　見 Pulleyblank "Some further evidence regarding Old Chinese and its time of disappearance" 1973年。

8　《Études sur la phonétiquehistorique de la langue annamite》Par Henri Maspero,1912.

〈簡介古藏語輔音羣對現代拉薩話聲調的影響〉一文中說：

> 古藏語次濁聲母在現代拉薩話裏變成高調或是變成低調，完全取決於其前面有沒有出現五個前加或三個上加輔音羣而定。若有這些輔音羣，古次濁聲母一律變成高調，若沒有這些輔音羣，古次濁聲母一律變成低調。[9]

　　即使國語的陰平和陽平，也是受了不同輔音的影響而形成的，凡是中古的清聲母變成陰平，濁聲母變成陽平[10]。

七　為什麼以前的人認為古音學難懂？

　　清代的學術十分發達，但是通聲韻的卻寥寥可數，一般讀書人都超脫不出「童稚從事而皓首不能窮其理」的絕境。最主要的理由在於缺乏有力的工具，缺乏啟開古音學堂奧的利器——語音學。沒有這把鑰匙，便只好終身徘徊門外，望牆興嘆了。因為聲韻學的研究對象是古「音」，對「音」的了解不夠，不會使用表「音」的符號，如何期望能學好古音學呢？

　　對於古音的術語，古人所用的尤其含混，有同名異實者，亦有異名同實者。像「音、聲、韻、清、濁、輕、重、陰、陽……」這些字眼在古代聲韻著作中處處可見，卻從來沒有個精確的含意。例如段玉裁的六書音韻表，有「古四聲說」，此「聲」字指「聲調」；「古諧聲

9　見師大《國文學報》第四期（1975年），頁35-36。

10　像「鼻、人、門、馮、狄、勞、求、羣、雄、何、殖、存、兒……」都是古代的濁音變成的；「匹、分、低、秋、軍、凶、春、消、空、干、禿……」都是古代的清音變成的。

說」所謂「一聲可諧萬字」的「聲」又指「聲符」；「古音聲不同，今隨舉可證」中的「聲」指「語音」；平常的「聲」字則代表「聲母」。

在沒有音標的情況下，你想用描述的方法告訴人家這個字怎麼唸，那有多難啊！且看看下面的例子：

> 「風」，豫司兗冀橫口合脣言之；青徐言風，踧口開脣推氣言之。（《釋名・釋天》）
>
> 言「乃」者，內而深；言「而」者，外而淺。（《公羊・宣公八年》何休注）
>
> 伐人者為客，讀「伐」長言之；見伐者為主，讀「伐」短言之。（《公羊・莊公二十八年》何休注）

你看了這些說明，是否能弄清它們的發音？恐怕是愈說愈糊塗吧？

如果我們用音標〔fung〕表示「風」的唸法[11]，雖只小小的幾個符號，卻告訴了我們以下的訊息：

（1）聲母是脣齒清擦音。

（2）屬合口洪音。

（3）主要元音是舌面後圓脣高元音。

（4）韻尾屬舌根鼻音的陽聲韻。

用旅行作個比方，有了語音學的幫助，就像平穩的疾馳於高速公路上，很輕鬆愉快的把你直接送到目的地（古音的領域），如果捨大道而弗由，卻坐在牛車上在田埂間打轉，繞了一大圈，還是到不了目的地。

---

11 這個注音是中國南方地區，包括閩廣的普遍唸法。北方話大多是以央元音做主要元音。

善變的嘴巴
——漢語音演化的幾個模式

語音天天在變

我們讀曾國藩的文章，讀韓愈的文章，讀司馬遷的文章，不太會感到語言的變遷有多麼大。因為漢字有個特性：它是超乎時空的。它有個比較固定的形體，古人這樣寫，現代人也這樣寫，中國人這樣寫，受中國文化影響的鄰國也這樣寫。文字如此，文章的體制（所謂的文言文）亦如此。所以它能打破時間和空間的阻隔，不但上下數千年得以自由溝通，從日本海、朝鮮半島到喜馬拉雅山的廣大地區亦得以自由溝通。

正因為這樣的「大同」，所以古來的學者很少去注意語音的「大不同」，尤其是時間所帶來的語音變遷。一直到明代的陳第才有了清晰的古音觀念，他體悟到「時有古今，地有南北，字有更革，音有轉移，亦勢所必至。」因而有了古音學的萌芽。

使用拼音文字的西方人就不同了，他們的文字跟著語言不斷在變，因此很容易察覺到語音的巨大差異。你如果讀一讀西元七〇〇年的英語作品 *Beowulf*（只不過唐代而已），再讀一讀 Chaucer（1340-1400）的 *Cantebury Tales*（只不過明代而已），幾乎感覺不出來那就是英文。充分反映了人們的嘴巴是多麼善變啊！不過幾百年就面目全非了。

就語音來說，漢語何獨不然。它的變遷之大，絕不在英語之下，

只不過沒在文字上明晰的刻畫出來而已。如果你有機會聽聽孔子講話，那你一定不敢相信那是中國話。

　　語音是突然改變的嗎？不是，它是日積月累逐漸變遷的。事實上，它每天都在變，只是那種變化十分細微，細微得難以觀察到，即使是終其一生，數十年間的變化，一般人也還不容易察覺。如果累積到三百年，那就相當不同了。比如說，我們讀 Thackeray 的《浮華世界》（*Vanity fair*，作於1848年）也許不覺得很難，如果讀莎士比亞（1579-1616）的《王子復仇記》就覺得「古字」連篇了。

　　由此可知，語音的演變是始而點點滴滴，漸而成涓涓細流，終而匯聚成汪洋大海。

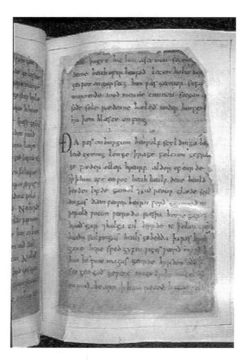

貝武夫留下的上古英文

語音變化往往依循一定的規則

語音無論是怎麼變，都有一定的規律。從這個音轉成另外一個音，都可以在音理上找到根據，絕不是任意變換的。同時，不論是什麼時代、什麼語言，必須在完全相同的條件下，才能有同樣的發展。反過來說，在完全相同的條件下，不可能有不同的發展，也就是不可能有分化的現象。這個原則在我們擬定古音時必須得嚴格遵守。

清儒在考古方面很有成就，他們一個接一個，從顧炎武、江永、段玉裁、到江有誥、王念孫，客觀的歸納出上古時代的韻部，但是在音變的規則方面，認識還不夠，他們認為一個韻部就是一個唸法，二十多個韻部就是二十多個唸法，到了中古時代有兩百零六個韻，是語言產生了分化，除了原有那個「正音」外，又衍生了許多「變音」，所以韻數增多了。這就是古音「正變」的觀念。至於說這些古音是如何衍生變繁的？為什麼有的音可以保持不變（正），有的音卻變了（變）？清儒沒能交代，所以他們在古音學上只做了一半——把資料做歸納分類，另外一半——在清儒的基礎上，賦予音理的詮釋，把音系訂定出來，這項工作正是現代聲韻學家的工作。這份工作要做得圓滿，就不能不有豐富的音變知識，不但要了解語音的發音性質，也要了解音變的種種規則。

從口角邊弄丟了的音

人類是十分懶惰的動物，連說話的時候也不例外，能省的音，只要不妨礙辨義，就會逐漸被省略掉。於是，在語音演化過程中，音素的失落便隨處可見。例如在英語裏，ring leap neck 等字的前頭本來都有個 h，在中古末期的英語裏就逐漸被弄丟了，但在冰島語裏仍保存

著。又如 knee gnaw wring 等字的第一個字母都不發音，可是古英文卻是發音的。近代英文懶得唸了，可是書寫上還是照舊。這是開頭的失落，有時，結尾音也一樣會失落。例如英語的 long climb 最末一個塞音原本要唸出來的，可是今天的英語已經省略不念了。又如 ete（eat）在中古英文裏是 eten，今天的英語也把最末的鼻音給失落了。此外，一個字中間部位的音，也經常會弄丟。例如早期拉丁語的 -lgm-　-rkn- 在拉丁語中變成 -lm-　-rn-，中間的塞音被省略不唸了。

　　我們再看看漢語。在上古音裏，「嵐」唸〔blam〕，「童」唸〔dhluŋ〕，到了魏晉以後，複聲母都簡化成了單聲母。甚至單聲母也不斷的在丟失，例如先秦時代的「以、羊、余、夷」等字（古音學裏稱為「喻四」類字）有個 r 聲母，到了魏晉六朝被弄丟了。「于、王、雨、為」等字（古音學裏稱為「喻三」類字）在六朝時還有個舌根濁擦音聲母，到了唐代末期也被弄丟了。至於「五、魚、俄、宜」等字（古音學裏稱為「疑」類字），唐代唸舌根鼻音聲母，「烏、於、安、衣」等字（古音學裏稱為「影」類字），唐代唸喉塞音聲母，王力認為在元代都失去了聲母。不過，筆者從《九經直音》中證實這項變化要上推到宋代[1]。此外，「武、亡、無、文」等字（古音學裏稱「微」類字），宋代唸唇齒鼻音聲母，「兒、耳、貳」等字（古音學裏稱「日」類字），宋代唸濁擦音聲母，到了明清時代也把聲母全弄丟了。這種沒了聲母的字，我們稱之為「零聲母」，由上面的敘述，可知中國話的零聲母不斷在擴大，這種現象可以表列如下：

1　見拙著：〈近代漢語零聲母的形成〉，〔韓國漢城〕中語中文學會：《中語中文學》第四輯，1982年12月，頁125-133。

　　和歐美的語言一樣，漢字的末一個音也會弄丟。例如先秦古音的「大、介、至、閉」等字都有個 -d 的尾音，「度、據、才、戒」等字都有個 -g 的尾音（依高本漢的系統），到了六朝，這些韻尾都失落了。六朝的入聲字都有個 -p -t -k 的尾音（和今天的閩南話一樣），而國語全弄丟了。有的古音學家認為（Pulleyblank）切韻時代（第七世紀）的上聲字有個喉塞音韻尾，去聲字有個 -h 韻尾（由上古的 -s 韻尾變成），唐以後也都失落了。在閩南話裏，「邊、錢、敢、聽、餅、山、碗、張……」等字末尾的鼻音也都省略不唸了，只把元音「鼻化」（Nasalized）而已。

　　漢語的親屬──藏語也有類似的現象。古藏語有十分豐富的複聲母，包含了 g- d- b- m-、濁 h- 五個前加輔音和 r l s 三個上加輔音，但今天的拉薩話已經大部分失落了。在韻尾方面，古藏語有 -g -d -b -ŋ -n -m 濁 -h -r -l -s 十種輔音韻尾，其中的濁 -h -l -s -d 在現代拉薩話中完全消失。例如「苦」dkah（濁 h）→ka：、「銀」dŋul→ŋy：、「二」gnis→ńi：、「心」sems→se:m。

　　有時丟失的音不止是單獨的音位，甚至是整個的音節。例如英文 math（=mathematics）eke（=economics）cab（=cabriolet）flu（=influenza）bus（=omnibus）tech（=technical）gym（=gymnasium）。不過，這些屬個別的詞彙現象，和前面的音系變化在語言層次上不同。

　　由以上這些例子，我們可以了解，音的丟失是多麼普遍的現象啊！

同化作用

　　兩個音互相影響而變得一致，叫做「同化作用」（assimilation）。可以分作幾種方式：使相鄰的音發生變化的，叫做「鄰接同化」（contiguous assimilation），例如 news 中的 -z 在 newspaper 中受清音 p 的影響，也變了清音 s。如果相互影響的兩音並不鄰接，叫做「遠距同化」（distant assimilation），例如上古英語 fōt（＝現代英語 foot）的複數 fōti→fēt（＝現代英語 feet），其中的 ō 受次一個音節 i 的影響而變成了 e。如果受後面一個音的影響而變的，叫做「逆行同化」（regressive assimilation），例如 five 中的 -v 在 fivepence 中受清音 p 的影響，變成了 f。如果受前面一個音的影響而變的，叫做「順行同化」（progressive assimilation），例如拉丁語 femina→法語 femme（=woman），後面的 n 受前面 m 的影響，也轉成了 m。如果兩音交相影響，叫做「交互同化」（reciprocal assimilation），例如拉丁語 rapidum→意大利文 ratto，中間的 p 影響了 d，變成清音，d 又影響了 p，變成舌尖音。此外，還有「全部同化」（total assimilation），如上面的 femina→femme 即是，兩音變得全然相同。「局部同化」（partial assimilation），如上面的 fivepence，v 變成 f，只是清濁和 p 相同，發音部位仍有不同。

　　英語有個表示「共同」的詞頭 con-，接到各字前面時，往往受到它後頭音的同化，產生了幾種型式：<u>com</u>bine <u>col</u>lect <u>cor</u>respond；表示「否定」的詞頭 in- 亦然，因同化作用而產生的變化有 <u>in</u>ept <u>im</u>mature <u>il</u>licit <u>ir</u>regular。

　　在中國語言裏，同化作用也是個普遍的支配力量。例如「嗟、姐、借」、「些、寫、謝」等字的韻母本來都唸〔-ia〕，國語唸成〔-ie〕，就是因為 a 被前面的 i 同化，發音部位變成和 i 接近的 e 了。又如

「姦、簡、間」、「顏、眼、晏」在中原音韻（元代）唸的是〔-ian〕韻母，國語變成了〔-ien〕，也是同樣的道理。相連的詞彙也可能發生同化現象，如「感冒」一詞，本來「感」字的末一音是 -n，卻因為「冒」的頭一音是 -m，使前面的「感」字在實際的語言裏也受到同化，變成了 -m 收尾。

異化作用

兩個音相互拒斥的現象，叫做「異化作用」（dissimilation）。可分為下列幾種方式：如果兩個音相鄰，叫做「鄰接異化」（contiguous dissimilation），例如拉丁語的 anma 變成西班牙語的 alma，這是因為 n 和 m 既是鼻音，發音部位卻不一樣，連接起來唸比較不便，於是 n 只好轉成了 l。如果兩個音並不相鄰，叫做「遠距異化」（distant dissimilation），例如法文的 marbre 變到中古英語 marbel（今作 marble），因為一個字裏前後用了兩個 r，使發音覺得不便，於是把後面的 r 轉成了同部位的 l。如果一個音影響後面的音，使它發生異化，叫做「順行異化」（progressive dissimilation），例如拉丁語 rarum 變成意大利語 rado，前面的 r 拒斥了後面的 r，使其轉成了同部位的 d。如果一個音影響前面的音，使它發生異化，叫做「逆行異化」（regressive dissimilation），例如拉丁語 peregrinus 變成法語 pélerin（英語 pilgrim），後面的 r 拒斥了前面的 r，使其轉成了同部的 l。

這類變化，在漢語裏更是屢見不鮮的。例如「崩、烹、蒙、風」本來唸 -uŋ 韻母，但由於聲母是雙唇音，於是把後面相鄰的圓唇元音 u 變成了央元音（shwa），唸成了〔-əŋ〕韻母。又如「法」字中古音唸〔fap〕，今天的廣州話唸〔fat〕，因為聲母是唇音，所以韻尾被異化成非唇音的 t。

　　漢語裏的異化作用常常把另一個音排擠失落掉，例如我們今天的國語沒有〔-uau〕和〔-iai〕型式的韻母，正是因為介音和韻尾相同，而發生了異化，使得其中的一個音失落。「部、廓」在元代的《中原音韻》就是〔-uau〕[2]，而今天的太原、揚州方言失去了末尾的 u 音；「捉、寶」元代也可能唸〔waw〕[3]，可是『捉』字、『寶』字在太原、揚州都變成了〔-ua〕[4]，寶字現代都唸〔-au〕了。「皆、解、界」、「骸、楷、駭」等字在宋元之間都唸〔-iai〕[5]，到了今天，前三字失落了末尾的 i，後三字失落了開頭的 i。今天的字典中，我們還可以找到一個殘留的〔-iai〕韻母字，就是「崖」，但實際的口語裏，多半已經唸成〔-ai〕了，這就是異化作用的緣故。

　　此外，「奔、本、盆、門」等字中古音都有一個 u 介音，可是國語也因為受唇音聲母的影響而失落了，由〔-uən〕變成了〔-ən〕。「分、粉、糞」、「文、吻、問」等字中古原有個 i 介音，由於和輕唇音（labiodental）不相容[6]，於是 i 被異化而失落了。「張、掌、丈」、「昌、敞、暢」、「商、賞、尚」等字中古音也都有個 i 介音，由於和這些字的捲舌音聲母不相容[7]，於是這個 i 也被異化而失落了。

　　中古音裏，大部分韻母都有開（不以 u 開頭）、合（以 u 開頭）的對立，唯獨收 -m 尾的字大都缺乏合口的唸法，這是因為合口的 u 開頭和 -m 收尾都是唇音，因而起了異化，使它們很難並存於一個音節裏。

2　見董同龢：《漢語音韻學》，頁67。

3　見鄭再發 *Ancient Chinese and Early Mandain*，頁173、175。

4　見《漢語方音字匯》。

5　見拙著：《古今韻會舉要的語音系統》（臺北市：臺灣學生書局，1986年）。

6　國語沒有 f 和 i 拼合的音。f 古人稱為「輕唇音」。

7　國語的ㄓㄔㄕㄖ後頭都不配 i 音。

顎化作用

　　細音（i 或 y）往往會影響前面的輔音，使之發生變化，變得和自己在發音上更為接近（其實，就是廣義的同化作用），這叫做「顎化作用」（palatalization）。例如英文的 g 有時唸起來是塞音（近似《），有時是塞擦音（近似ㄐ），後者就是發生了顎化的緣故。我們可以比較下面兩組的頭一個音：

　　（1）gorge,garlic,gun,grand,glance

　　（2）gymnasium,ginger,germ,geometry,gentle

　　由 g 後面所跟的音，可以看出第（2）組都是開口度較小的音（i e 之類），所以會發生顎化，第（1）組所跟的音都是開口度較大的音（a o u 之類），所以沒有顎化。

　　我們還可以比較一下 king 和 cling 兩個字，開頭的音都是〔k-〕，但是再仔細聽聽，可以感覺到前者的 k 在發音部位上要偏前得多，這就是後面 i 音的影響。又如 dew 的 d 唸起來有些像國語的ㄐ，這也是顎化的影響。再如 initial、century、ambition 中的 t 都不唸〔t〕音，也是發生顎化的緣故。兩字連用時，前一字的尾音也會受後一字首音的顎化，像 would you……中的 d 不再是〔d〕音。

　　韓國話裏的漢字音〔t〕在〔i〕前面的，往往變讀成塞擦音（近似ㄐㄑ）。例如「迪、的、典、田、電、丁、鼎、帝、第……」等字皆然。這也是顎化作用。

韓文「地下鐵」發音

　　國語有一套顎化音ㄐㄑㄒ，全是由古代的《ㄎㄏ和ㄗㄘㄙ受細音的
影響而產生的。例如「煎、遷、仙」、「獎、搶、想」、「績、戚、錫」
中古都是ㄗㄘㄙ的聲母；「鳩、丘、休」、「舉、去、許」、「金、欽、
欽」中古都是《ㄎㄏ的聲母。所以我們可以發現國語的ㄐㄑㄒ後面所
跟的音不是 i 就是 y（注音符號ㄩ），絕無 a,u,o 一類的音。

　　也有些方言是ㄗㄘㄙ顎化，而一部分《ㄎㄏ則否。像西南各省方
言「街」唸〔kai〕，「鞋」唸〔xai〕[8]。不過，大部分方言都是《ㄎㄏ
顎化，而ㄗㄘㄙ則否的。因此，在京戲的唱辭，《ㄎㄏ的細音都唸為ㄐ
ㄑㄒ，至於ㄗㄘㄙ的細音就保持ㄗㄘㄙ的唸法[9]。

　　這種顎化作用是什麼時候發生的呢？在明末的《韻略匯通》裏還
沒有顎化的跡象。《程氏墨苑》中有利瑪竇的四篇注音文章，共四百多
字，歸納起來，已經可以發現有顎化產生了，時代在一六〇五年以
前[10]。明朝天啟年間西方傳教士金尼閣作《西儒耳目資》，用羅馬字拼
漢字音，有二十個聲母，其中也有顎化音，時代在一六二五年[11]。清乾
隆時無名氏作《圓音正考》，尖團字也已不分，時代在一七四三年[12]。
到了清嘉慶時（1805）李汝珍的《音鑑》有三十三母，各用一字編成
「行香子」詞[13]。其中的「驚、溪、翾」和「箇、空、紅」是分立
的，「酒、清、仙」和「醉、翠、松」是分立的，可知「驚……」、
「酒……」都已經變成了ㄐㄑㄒ，和《ㄎㄏ的「箇……」，ㄗㄘㄙ的
「醉……」已有了分別。李氏另有一部小說《鏡花緣》，在第三十一

8　這類沒顎化的字只限蟹攝開口二等見系字。

9　在京戲裏ㄗㄘㄙ後面接一、ㄩ叫尖音，ㄐㄑㄒ叫團音（由《ㄎㄏ的細音變来）。

10　見鄭再發：〈漢語音韻史的分期問題〉，《史語所集刊》第36本，頁644。

11　同上註。

12　見王力：《漢語史稿》，頁124。尖團字不分，表示精、見兩系字都念ㄐㄑㄒ，沒有分
　　別。

13　見趙蔭棠：《等韻源流》，頁245。

回中「談字母妙語指迷團」也列出了三十三母，雖然選字和《音鑑》不同，實質上是吻合的，他以「姜、羌、香」和「岡、康、杭」分立，以「將、槍、廂」和「臧、倉、桑」分立，也正是ㄐㄑㄒ獨立的意思。

中古漢語的聲母有一套顎化音ㄐㄑㄒ等，它是受三等性的介音 j 影響而產生的，字母家稱之為正齒音「章昌船書禪」。它和國語的ㄐㄑㄒ沒有關聯，國語的ㄐㄑㄒ由中古的牙音（k k'一類的音）和齒頭音（ts ts' 一類的音）演化而成，而中古的ㄐㄑㄒ卻演化成為國語的捲舌音。

唇化作用

使某個音變成圓唇的作用叫做「唇化作用」（labialization）。通常元音可以分作「展唇」、「圓唇」兩類，前者如 i,a 等，後者如 u,y 等。中古音裏的三、四等合口字都有個複合介音〔-iu-〕，到了國語簡化了，也就是失落了第二個成分 u，但是 u 的圓唇（合口）特性卻殘留在前面的 i 音上，使 i 變成了同部位的圓唇音 y（注音符號作ㄩ），這就是唇化作用。例如「權、玄、臺、訓、居、呂……」都發生過唇化的演變。中古音沒有 y 音，國語的 y 音全是唇化的產物。

輔音也有唇化的現象，例如北平話的「短」〔tuan〕，其中 t 受圓唇音 u 的影響而變成了圓唇化的 t。廣州話「瓜」〔kʷa〕的聲母就是個圓唇的 k，這種唇化的輔音在標寫上往往在右上方加一個小 w 表示。

在英語裏 coop 的〔k〕音和 shoe 的〔sh〕音都受到後面 u 元音的影響而發生唇化作用，帶有圓唇的傾向。

根據李方桂先生的研究，上古漢語有一套「圓唇舌根聲母」，如 kʷ- gʷ- hʷ- 等，還有一套「圓唇舌根韻尾」，如 -kʷ -gʷ -ŋʷ 等。到了中古都消失了。

類化作用

　　一種發音被另一種音吸引，而脫離了正軌，變得和那個音一樣，這叫做「類化作用[14]」（analogy）。這種演變往往出於偶然，無法加以預估。

　　學英語的人常會把複數的 deer 唸成 deers 把 help 的過去式唸成 helped（本來應該唸 holp），這是因為許多的字複數形式都有個 -s，過去式都有個 -ed，於是 deer 和 help 都受到了類化。

　　在漢語中，廣東人學國語往往把「根本」唸成ㄐㄧㄣ ㄅㄣˇ，把「甘蔗」唸成ㄐㄧㄣ ㄓㄜˋ，因為在廣州話裏「斤、根」同音，都唸作〔kan〕，「金、甘」同音，都唸作〔kam〕。於是，類推的結果，就把「根」唸成了「斤」，把「甘」唸成了「金」。

　　在中古音裏「諸、居、御」（開口音）和「朱、拘、遇」（合口音）不同音，國語同音是由於類化的結果。「多、我、羅」原本是開口音，國語唸成和「波、妥、過、坐、火……」（中古合口）一樣的〔-uo〕韻母，也是受到了類化。〔-uo〕同時還吸引了不少原本開口的入聲字加入它的陣容，例如江攝的「剁、捉、濁、渥」、宕攝的「託、鐸、諾、泊、莫、作、錯、索、落」、梗攝的「陌、伯」，這種變化正是類化作用造成的，可見類化對音變的影響是多麼巨大啊！

　　漢語有一種極為特殊的類化現象，是其他語言所沒有的。那就是受字形的影響而改變了音讀的「有邊讀邊」。例如「獷」本來唸ㄍㄨㄤˇ，可是現在大多數人都唸為「粗獷ㄎㄨㄤˋ」，這是受了字形類似的字「壙、曠、礦」的類化，這些字都唸ㄎㄨㄤˋ，於是「獷」ㄍㄨㄤˇ也唸成了ㄎㄨㄤˋ。不過，字典還沒承認這個唸法。又如

---

14 請參見竺家寧：《韻籟聲母演變的類化現象》，收入北京大學漢語語言學研究中心編：《語言學論叢》第29輯（北京市：商務印書館，2004年），頁129-144。

「町」本來唸ㄊㄧㄥˇ，由於受了諧聲偏旁「丁」的類化，在「西門町」一詞，大家都唸成了ㄉㄧㄥ。字典不得不承認這個新唸法，但在ㄉㄧㄥ的下面注明是「語音」[15]，表示它還不夠資格擔任「正讀」。又如「娟」字本來唸ㄩㄢ[16]，由於受「涓、捐」等字的影響，也變成了ㄐㄩㄢ。這項類化是明代開始的[17]，所以現在的字典都注ㄐㄩㄢ了。再如「迥」字本來唸ㄒㄧㄥ[18]，由於受「扃、炯」等字的類化，也變成ㄐㄩㄥˇ；「莖」字本來唸ㄏㄥˊ[19]，由於受「經、涇」等字的類化，也變成了ㄐㄧㄥ；這些新唸法都得到了字典的承認[20]。

這種受字形的影響而發生的類化音變，宋代就已經產生了。也就是說，我們的老祖先就有「有邊讀邊」的習慣，不是我們這一代才這樣的。例如宋代的《九經直音》裏「契」唸成了「屑」（這是受「楔、揳」等字的類化）；「滌」唸成了「條」；「韶」唸成了「招」；濡唸成了「需」[21]。

韻尾後移

如果我們留意漢字的最末一個輔音，可以發現一個有趣的現象，就是在歷史過程中，它老是往發音部位的後頭跑。先從上古說起吧。在《詩經》以前，「蓋、內」等字都有個 -b 韻尾，可是到了《詩經》

---

15 見方師鐸：《增補國音字彙》（臺北市：臺灣開明書店，1968年），頁48。
16 《廣韻》「於緣切」，《韻會》云：「與淵同音」。
17 《洪武正韻》「規淵切」。
18 《廣韻》「戶頂切」。
19 《廣韻》「戶耕切」。
20 這種演化現象，可以參考拙著〈漢語音變的特殊類型〉，《學粹》第16卷第1期，1974年3月。
21 見拙著〈宋代語音的類化現象〉，《淡江學報》22期，1985年3月。

時代，它的發音部位後移了，變成了 -d 韻尾[22]。《廣韻》的去聲字在
上古有個 -s 韻尾，後來發展成 -h 韻尾[23]，擦音的性質沒變，發音部
位卻由舌尖轉到了喉部。到了中古，入聲字不外 -t -p -k 三類[24]，中古
末期的語音史料中顯示它們都變成了喉塞音韻尾的字了[25]。《廣韻》的
鼻音韻尾字有三類：-m -n -ŋ，可是到了國語，-m 變成了 -n，如
「侵、談、鹽、咸、添……」等字，鼻音韻尾的性質不變，發音部位
卻由雙唇轉到了舌尖。在現代方言中，也可以普遍的見到韻尾後移的
現象。例如閩北語的所有鼻音字全都後移為 -ŋ，所有入聲字全都後移
為 -k；吳語裏的入聲字韻尾更後移為喉部的塞音了。

「塞──塞擦──擦」的演化模式

上一條是末尾輔音的變化，這一條是開頭輔音的變化。許多擦音
或塞擦音聲母追逆它們的來源，往往都來自古代的塞音。所謂塞音，
通常不外雙唇的〔p- b-〕，舌尖的〔t- d-〕，舌根的〔k- g-〕幾個。先
說雙唇吧，上古的 p- b- 叫做「重唇音」，到了中古，有些變成了塞擦
音 pf- bv-；到了國語，又進一步變成擦音 f- 了[26]。再說舌尖音，上古
的 t- 到了中古有些變成了所謂的「舌上音知母字」（當時唸舌面塞
音），近世變成了捲舌塞擦音ㄓ了[27]。上古的 d- [28]到了中古有些轉為塞

---

22 見董同龢：《上古音韻表稿》（臺北市：中央研究院歷史語言研究所，1967年6月）。
23 見 Laurent Sagart "On the Departing Tone" JCL, Jan. 1986.
24 見本書〈入聲滄桑史〉一文。
25 見拙著：《四聲等子音系蠡測》，《師大國研所集刊》十七號，1973年6月；《古今韻
　會舉要的語音系統》（臺北市：臺灣學生書局，1986年7月）。
26 例如「膚、敷、符」等字。
27 例如「知、癡、馳」等字。
28 這裏採用某些古音學家的看法，寫成了不送氣音。有些古音學家是標為送氣的，另
　有一個不送氣的 d- 變成了中古的 z-（邪母）。這也是由塞音轉為擦音的例子。

擦音的「澄、神」二紐，而「神」紐字有些到了國語唸成了擦音的ㄕ了[29]。再說舌根音，上古的 g- 到了中古變成擦音的「匣母」，國語再變為ㄏ和ㄒ聲母的字（也就是擦音）[30]。中古的 k- 到了國語有些變成了塞擦音的ㄐ聲母字[31]。

　　這種現象也可以在歐美語言裏看到。我們從小都看過《格林童話故事》，編這部故事的格林兄弟是德國人，哥哥叫雅各·格林（Jakob Ludwig Karl Grim, 1785-1863），他不僅是童話作家，還是一位著名的古音學家[32]。他提出了「格林語音律」（Grimm's Law），其中一條是說原始印歐語的 p t k，到了日耳曼語中變成擦音的 f θ h，例如英語的 fish, father, hundred 在拉丁語中是 piscis, pater, centum。可見語音變化往往有其共通性、普遍性。

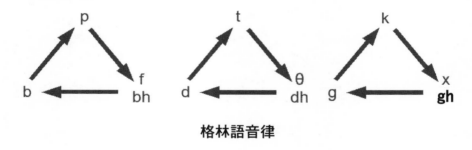

格林語音律

語音為什麼會變？

　　談了許多語音演變的現象和規律，那麼，語音為什麼如此善變呢？語音所以會變的原因，有許多不同的學說，有的從生理結構來立論，有

---

29 例如「神、乘（ㄕㄥˋ）、食、實」等字。

30 例如「含、咸、合、協」等字。

31 例如「巾、緊、暨、吉」等字。

32 他擔任過哥廷根大學、柏林大學教授、普魯士科學院院士。運用歷史比較法研究日耳曼語言。著有《德語語法》、《德語史》等。

的從地理、氣候因素來立論，有的從民族心理去找解釋，有的從兒童學語的過程來說明。其中，較容易為一般人了解，也比較容易觀察得到的，是「就易學說」（theory of least effort）[33]。也就是說，語音的變化取決於表達上的省時省力，它演變的趨向是在不礙辨義的原則下讓我們的發音器官覺得更輕鬆、更容易。這就是為什麼「同化作用」成為古今中外最普遍的一種音變方式的理由。

　　因此，我們可以下一個結論說：善變的嘴巴原來是偷懶的緣故。偷懶還真是人類擺不脫、捽不掉的天性呢！

33　見李壬癸：〈語音變化的各種學說述評〉，《幼獅月刊》四十四卷六期。

用眼睛看聲音
──漢字標音法的演進

　　漢字自始就和歐美文字循著不同的方向在發展，西方由象形走上了拼音的路，漢字由象形走上了形聲的路。比較起來，西方文字的表音功能強些，漢字的表義功能強些。其實，在形聲字初造時，漢字也不乏表音的作用，只是漢字用的是既成的字做表音符號，而不是用音標或字母做表音符號。而既成的字，它的發音會隨時代而變，所以，到了後世，我們有邊讀邊，看聲符念字，就不見得正確了。如「淪、輪、倫」，我們一見而知讀作ㄌㄨㄣˊ，但是「怡、迨、治」卻不能念作ㄊㄞˊ。因此，我們讀書的時候，就需要有注音來幫助了解各字的發音。現代通行的注音符號ㄅㄆㄇㄈ……的確為我們認字提供了許多的方便，然而在古代，他們是用別的方法注音的，下面就分別談談古人的注音方法。

譬況法

　　這是用文字描繪讀音的辦法，例如《淮南子》本經訓高誘注：「露讀南陽人言道路之路」地形訓高注：「旄讀如綢繆之繆，急氣言乃得之。」《公羊傳》莊公二十八年何休注：「伐人者為客，讀伐長言之，齊人語也；見伐者為主，讀伐短言之，齊人語也。」宣公八年何注：「言乃者，內而深；言而者，外而淺。」《釋名》釋天：「風，豫司兗冀橫口合唇言之，風，汜也。青、徐言風，踧口開唇推氣言之，

風，放也。」「天，豫司兗冀以舌腹言之，天，顯也；青、徐以舌頭言之，天，坦也。」

這樣的注音方式十分抽象，也許只有注音者自己才能夠依照所描述的去發音，對旁人來說，你如果不會念，看了這種譬況說明，仍舊不會念。

讀若法

這是找一個音近似的字來描繪音讀。例如《淮南子》本經訓高誘注：「繄讀若雞」、說林訓高誘注：「轕讀似鄰」、《周禮》〈考工記〉鄭玄注：「褻讀若涅」、《周禮》天官內司服鄭玄注：「屈者音聲與闕相似」、《呂氏春秋》大樂高誘注：「沌讀近屯」、《漢書》〈揚雄傳〉服虔注：「雉、夷，聲相近」。此外，許慎的《說文解字》更是以讀若法注音聞名的。

這種方法比譬況法要具體一點，讀者比較容易了解被注字的發音。

說文讀若顯示了漢代的唸法

直音法

　　這是用一個完全同音的字來注音的方法，不論聲母、韻母、聲調都必須相同。這個方式當然比前兩種要精確，讓人一看就知道發音，十分簡便明白。所以這種方法一直沿用不衰，從漢代到今天（例如詞源）都還在用它。即使後起的反切注音法和現代的音標、注音符號都不能完全取代它。

　　現存最早的直音資料可以遠溯至漢代。例如《漢書》地理志高陵下如淳曰：「櫟音藥」、銅陽下孟康曰：「銅音紂」、月支道下應劭曰：「氏音支」。

　　唐代也盛行直音法。如《漢書》地理志雍下顏師古注：「械音域」、太原郡下顏注：「挏音動」。《經典釋文》毛詩音義大明：「大，音泰」、「涘，音士」。

　　宋代的《九經直音》，可以說是集直音之大成的一部書[1]，所收直音如《論語》鄉黨：「袂，彌」、述而：「誄，累」、《詩經》巷伯：「侈，恥」、角弓：「胥，須」。

　　清代的《康熙字典》也採用直音法注音，例如：「泡，音拋」、「注，音註」、「洞，音恫」。

　　民國以來的工具書仍然習用直音法。例如《辭海》[2]：「占，音詹」、「卷，音眷」、「吳，音吾」。《辭源》：「廈，音夏」、「庸，音容」、「尉，音畏」。

　　不過，直音法有時也會遇到困難，如果某字沒有同音字，那麼，它就無法用直音方式來注音了。像《廣韻》的字「鷗」（之韻）、「焞」字（仙韻）、「瘸」字（戈韻）都沒有同音字可用。國語的「丟」、

1　參考拙著：〈九經直音的時代與價值〉，《孔孟月刊》十九卷二期，1980年。

2　舊版《辭海》只用反切和直音注音，新版《辭海》已加上注音符號。

「白」、「北」、「甫」、「拍」、「跑」、「胖」、「捧」、「品」、「抹」、「買」、「放」、「打」、「短」、「討」、「套」、「透」……等字也都沒有同音字。有時，雖有同音字，卻是更為冷僻的字，那麼，讀者看了仍舊不會念，注了也等於沒注。像「鞋，音膎」、「煎，音䔍」就是這種情況。此外，遇到循環互注的例子，像《康熙字典》：「遙，音謠」，「謠，音遙」，如果本來這兩個字都不認識，還是沒法知道它們的唸法。

這些困難，在宋代的《九經直音》中已經作了改良。例如運用同聲、韻而不同調的字來注音，只要在下頭注明需要改成某調，一樣可以精確的注出音來。例如《論語・學而》篇：「鮮，仙上」、「省，星上」、「汎，凡去」、「憚，檀去」等。這樣可以補救缺乏同音字可用，或注音字太冷僻的弊病。

反切法

反切是東漢開始使用的一種注音法，它是用兩個字注一個字的方法，上字代表聲母，下字代表韻母和聲調。例如「同，徒紅切」，「同」字的發音可以由ㄊ（徒）加ㄨㄥˊ（紅）而拼出來。因為反切可以選一些最常見的字來作注音的工具，它可以注出任何音來，有時比直音還更有效些，所以，從漢代至近世，始終和直音並行不衰（《辭海》、《辭源》仍使用它），成為注音符號推行以前，最通行的兩種注音方式。有關反切的知識，請參考本書〈反切的故事〉一文。

注音符號

近代西方語音學使漢字注音法有了新的進展，民國七年，教育部正式設計公布了「注音字母」三十九個，民國十九年改稱「注音符

號」，民國廿一年修改為三十七個，就是今天在教學上使用的注音符號。這套符號是採用漢字的偏旁或最簡單的獨體漢字設計而成。幾十年來，對國語的推行和教學，產生了莫大的貢獻。

注音符號的寫法，有時易生訛誤，下面提出幾個常見的錯誤說明。「ㄅ」是「包」的本字，應一筆寫成，不可分兩畫。「ㄆ」只有兩畫，不可寫成三畫或四畫。「ㄇ」是「冪」的本字，末筆無鉤。「ㄉ」即「刀」字，只有兩筆，不可寫成三畫。「ㄊ」即《易經》離卦九四「突如其來」的「突」字，字形是個倒過來的「子」字。注音符號的標準寫法是三畫。「ㄋ」即「乃」字。「ㄌ」即「力」字。「ㄍ」即古「澮」字。「ㄐ」為「糾」之本字。「ㄑ」為古「畎」字。「ㄒ」為古「下」字。「ㄓ」為「之」的本字。「ㄕ」不可封口寫作「尸」。「ㄖ」即「日」字，注音符號首筆可作ㄥ，省為三畫，中間是一點（如頓號，不可寫成圓點），不是一橫。「ㄗ」是古「節」字。「ㄘ」即「七」字，末筆無鉤。「ㄙ」即古「私」字。「ㄨ」即古「五」字。「ㄛ」即古「呵」字。「ㄝ」即「也」字。「ㄞ」即古「亥」字。「ㄟ」上有水平的短橫。「ㄡ」即「又」字，但末筆不捺，「ㄨ」也一樣。「ㄢ」末筆不可加鉤。「ㄣ」即古「隱」字，末筆亦無鉤。「ㄥ」即古「肱」字。「ㄦ」同「人」字。[3]

注音符號的使用，有些地方需要省略，如「資、司」、「知、師」都不標韻母（韻母是舌尖元音）。「伯、波、魔、佛」都省略中間的「ㄨ」。有時，一個符號代表了不同的發音，如「個位數」和「一個」的「個」，注音都用「ㄜ」表示其韻母，而實際發音前者是舌面後展唇中元音，後者是央元音。又如「安」、「圓」兩字韻母都有「ㄢ」，可是前者的發音是〔an〕，後者的發音是〔en〕。「ㄣ」在

3　參考黎錦熙：《注音國字》（臺北市：臺灣商務印書館，1961年），頁15-16。

「恩」字中發〔ən〕音，在「因」中卻是發〔n〕音。這些現象一般使用注音符號的由於習慣了，所以習焉而不察，但從事國語文教學的，卻不可不清楚。

羅馬字母拼音

漢語言用羅馬字來拼音，開始於明代末年的傳教士，例如《程氏墨苑》裏的利馬竇注音，金尼閣（Nicolas Trigault）的《西儒耳目資》。到了民國十二年，教育部籌組「國語羅馬字拼音研究委員會」，以錢玄同等十一人為委員。民國十五年十一月九日正式公布他們所擬定的「國語羅馬字」。由於這套拼音十分複雜，所以始終未能推廣使用。它以不同的韻母變化來表示聲調，例如「ㄠ」的四聲分別拼為〔au〕、〔aur〕、〔ao〕、〔aw〕，光是一個「ㄠ」韻母，我們就得記住這四種不同的拼法，其繁雜難記，可想而知。

由於「國語羅馬字」的設計不是很理想，於是，民國七十三年五月十日教育部重新設計了一套羅馬拼音，定名為「注音符號第二式」。四聲的標注改用調號加在元音之上（如 ā、á、ǎ、à），因而簡便多了。近年來新編的字典都加上了這套注音。

大陸學者也採用了羅馬字母來拼音，即所謂的「漢語拼音方案」，這是民國四十五年由羅常培、黎錦熙等學者訂出初稿，四十七年正式使用。

清末民初國外教學漢語多半採用「威妥瑪式」（Wade-Giles System）和「耶魯式」（Tale System）。前者是英國駐華公使Sir Thomas Wade於一八六七年所設計，其後，H. A. Giles編漢英字典曾略加修訂。一九三一年的《麥氏漢英字典》（*Mathew's Chinese-English Dictionary*）採用的正是這套拼音。後者為二次大戰時，美國政府為了訓練空軍人員

到遠東作戰，就和耶魯大學合作，創「遠東語文學院」，所編製的教材採用自行設計的拼音符號，這就是「耶魯式」。

漢語拼音方案在大陸於一九五八年二月十一日正式公佈。一九七七年聯合國第三屆地名標準化會議，決定採用漢語拼音作為中國地名拼寫法的國際標準。一九八二年，成為國際標準 ISO 7098。二〇〇八年十二月十八日行政院頒布了「中文譯音使用原則」，正式確認我國中文譯音除另有規定外，以「漢語拼音」為準。海外華語教學，除使用注音符號者外，涉及採用羅馬拼音者，以採用「漢語拼音」為原則。

漢語拼音除了拼寫漢民族共同語之外，也可以應用在各地方言的拼寫上。廣東拼音方案是廣東省教育部門於一九六〇年制定的四個羅馬拼音方案之一，分別用來拼寫廣州話、潮汕話、客家語和海南話。客家話拼音方案主要描述梅縣方言。梅縣話一般被認為是客家話的實際標準。客家話拼音方案以廣東梅州市區（含梅江區、梅縣區）的梅城口音為標準。潮州話拼音方案依據閩南語分支潮州話的拼音設計。此方案經常被稱為 Peng'im，也就是潮州話裡的「拼音」之意。香港語言學學會粵語拼音方案，簡稱粵拼，是由香港語言學學會於一九九三年制定的粵語羅馬化拼音方案。這些都是在「漢語拼音」的基礎上設計出來的。

下面把這幾種不同的漢字羅馬拼音列為比較表，以供參考：

百餘年來曾經使用過的國語拼音系統

注音符號 第一式	國語羅馬字	漢語拼音字母	威妥瑪式	耶魯式
ㄅ	b	b	p	b
ㄆ	p	p	p´	p
ㄇ	m	m	m	m
ㄈ	f	f	f	f
ㄉ	d	d	t	d
ㄊ	t	t	t´	t
ㄋ	n	n	n	n
ㄌ	l	l	l	l
ㄍ	g	g	k	g
ㄎ	k	k	k´	k
ㄏ	h	h	h	h
ㄐ	j(i)	j	ch(i)	j(i)
ㄑ	ch(i)	iq	ch´(i)	ch(i)
ㄒ	sh(i)	x	hs	s(i)
ㄓ	j	zh	ch	j
ㄔ	ch	ch	ch´	ch
ㄕ	sh	sh	sh	sh
ㄖ	r	r	j	r
ㄗ	tz	z	ts、tz	dz
ㄘ	ts	c	ts´、tz´	ts
ㄙ	s	s	s、sz	s
ㄧ	i	−i、yi	−i、yi	−i、yi
ㄨ	u	−u、wu	−u、wu	−u、wu
ㄩ	iu	−ü、yu	−ü、yu	yu
ㄚ	a	a	a	a
ㄛ	o	o	o	o
ㄜ	e	e	o、−ê	e
ㄝ	é			e
ㄞ	ai	ai	ai	ai
ㄟ	ei	ei	ei	ei
ㄠ	au	ao	ao	au
ㄡ	ou	ou	ou	ou
ㄢ	an	an	an	an
ㄣ	en	en	ên	en
ㄤ	ang	ang	ang	ang
ㄥ	eng	eng	êng	eng
ㄦ	el	er	êrh	er
帀	−y	−i	−ŭ、−ih	−r、−z

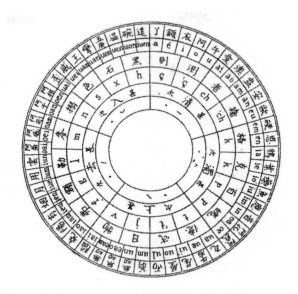

「中原音韻活圖」「凡三圈：外圈大者，分方五十，五十者，字母圈也。上是中字，下是西號。母共五十字，中有元母，子母，孫母，曾孫母之別。中次圈，分方二十。二十者，字父圈也。上是中字，下是西號。父共二十，中有輕重之別。內小圈分方為五。五者，雙平清濁，三仄上去入也。今旅人定有五號，可以分之。每聲左右，另有甚次；甚次之中不必寫，以中為號是也。外一圈不動，內二圈宜活動，使用父對母以生子之音。父母既對，又對內小圈平仄甚次之號，則字之音韻定矣。假如『格』（k）父第六，移對『英』（im）母之第十六，再加以內小圈清平之方對之，則得『輕』（kim）。如欲得『相』（siam），則以『色』（s）父對外『央』（iam）母，再對內圈清平之方，則得之矣。……」（譯引首譜「中原音韻活圖」說）

一六二五年金尼閣《西儒耳目資》的「中原音韻活圖」及原文說明。這是最早的漢字羅馬拼音韻圖。

國際音標

前面的標音法都是專為學習國語而設計，國際音標（IPA）卻是全世界通用的記音符號，它可以標寫出人類語言中的任何發音，所以它可以用來做為任何語言的注音工具。

這套音標是在一八八六年，由歐洲的語音學家組成「國際語音協會」負責擬訂，並於一八八八年公布初稿，以後又經過許多次的修訂。我們學習英文用的音標正是國際音標，但是，那只是整個國際音標的一部分，還有許多音是英文所沒有的。國際音標也可以用來注國語、注古音、注方言。一般在語言研究上都採用這個系統，因為它是最精確的標音工具。它的一個符號只代表一個聲音，相同的聲音也不用兩種寫法。羅馬字母的大寫、小寫、草體、正體各代表著不同的音，例如〔A〕、〔a〕、〔ɑ〕是不同的音，不像英文字母可以互相替換。它採用的符號，基本上是羅馬字母，偶爾也用了一些希臘字母。

由於國際音標是萬國通用的，你懂得了這套音標，就可以讀出全世界任何地方的語言，更可以藉助它去了解古音，所以，它不但是一套精確的標音工具，也不受時、空的局限。然而，國內目前因為語言研究的風氣不盛，除了學術刊物，這套系統並不普遍，一般印刷廠也很少備有這套音標的字模。這方面還需要學術界的倡導和推廣。

意大利語

il so:le di:tʃe:

i:o mi kia:mo so:le. so:no molto luʃɛnte. mi alzo
al levante, e kkwando mi altso, fa ddʒorno. gwardo
dentro dalla tua finɛstra kol mio 'okkio splendente e
kkolor d o:ro, e tti di:ko kwand ɛ o:ra d altsarti; e
allo:ra ti di:ko: 'altsati, poltro:ne; i:o non risplendo
per'ke ttu rresti in letto a dormi:re, ma risplendo per
farti altsa:re, e 'lleddʒere e ppasseddʒa:re.

英國南部語

ðe sʌn sez:

mai neim z sʌn. ai m vɛːɪe brait. ai ɹaiz in ðe iːst;
en wɛn ai ɹaiz, it s dei. ai luk in et jo windou wið mai
bɹait, ɡouldn ai, en tɛl ju wen it s taːim te ɡet ʌp: end ai
sei, slaɡad, ɡet ʌp; ai dount ʃain fe ju te lai in bɛd en
sliːp, bat ai ʃain fe ju te ɡet ʌp en waːːk, en ɹijd en woːk
ebaut.

荷蘭語

de zɔn zɛxt:

mein nam ɪs zɔn. ɪk bɛn zer hɛldər. ɪk kɔm ɪn t
osten ɔp: ɛn als ɪk upkɔm, ɪs et dax. ɪk krik 'ɪn hei ju
rʌm met mein hɛldər, ɡouden ɔx, ɛn ver'tɛl·y, va'ner et
teit ɪs ɔm 'ɔp te stan; ɛn ɪk zɛx: lœyart, sta 'ɔp; ɪk sxein
nit vor jou, ɔm ɪn bɛt te lɪɡen ɛn te slapen, mar ɪk sxein
vor jou, ɔm 'ɔp te stan en te verken ɛn te lezen ɛn rɔnt
te lopen.

美洲的西班牙語

el sol dise:

mi nombre es sol; briʝo mutʃo. salgo por el oriente,
i kuando salgo eh de 'dia. miro adentro de tu bentana
kon ehtos oxoh fulʒentes i dorudos, i te abiso k es ora de
lebantarte; disiendo, 'lebantate, peresoso; no te alumbro
para ke t ehtes en la kama, sino para ke te lebantes,
trabaces, leas j andes por a'i.'

德語

di zɔne zaːkt:

ʔiç haise di zɔne. ʔiç bin ɡants ɡlɛntsent. iç ɡeːe im
ʔosten ʔauf, ʔunt vɛn ʔiç ʔaufɡeːe, virt ɛs taːk. ʔiç ɡuke
in dain fɛnster mit mainem klaːren, ɡoldenen ʔauɡe
hi'nain, ʔunt ʔiç zaːɡe diːr, vɛn ʔɛs tsait ʔiʃt ʔauftsuʃteːn;
ʔunt ʔiç zaːɡe: ʃteː: ʔauf, faulpelts; ʔiç ʃaine niçt, damit
du ʔim bete blaipst, zondern ʔiç ʃaine, damit du
ʔaufʃteːst ʔunt ʔarbaitest ʔunt liːst ʔunt herumɡeːst.

美國的英語

ðe sʌn sez:

mai neɪm iz sʌn. ai m vɛːɪe bɹait. ai ɹaiz in ðe iːst.
en hwɛn ai ɹaiz, it s dei. ai luk in et jor windo wið mai
bɹait, ɡouldn ai, en tɛl ju hwɛn it s taɪm te ɡet ʌp; end
ai sei, 'slaɡad, ɡet ʌp; ai dount ʃaɪn fer ju te lai in bed
en sliːp, bat ai ʃaɪn fer ju te ɡet ʌp en waːːk, en ɹiːd, en
woːk ebaut.

用國際音標拼寫世界各語言

白居易 賣炭翁

賣炭翁，	maiˋ tʻanˊ ˌʔuŋ
伐薪燒炭南山中。	bʼiwɐt ˌsiĕn ɕieu tʻanˊ ˌnɒm ˌşan ˌtiuŋ
滿面塵灰煙火色，	ˊmuɐn miĕnˋ ˌɖʼiɛn xuɒi ʔien ˊxuɑ şiɐk
兩鬢蒼蒼十指黑。	liaŋ piĕnˋ ˌtsʻaŋ ˌtsʻaŋ ʑiɛp ˊtɕi xɐk
賣炭得錢何所營？	maiˋ tʻanˊ tɐk ˌɖʼiɛnˊ ˌɣɑ ˊşiwo ˌɣwɐŋ
身上衣裳口中食。	ˌşiĕn ʑiaŋˋ ʔiĕi ˌʑiaŋ ˊkʻɐu ˌtiuŋ ɖʑʼiɐk
可憐身上衣正單，	ˊkʻɑ liĕn ˌşiĕn ʑiaŋˋ ʔiĕi tɕiĕŋˋ ˌtɑn
心憂炭賤願天寒。	ˌsiĕm ʔiĕu tʻanˊ ɖzʼiɛnˋ ŋiwɐnˋ tʻien ɣɑn
夜來城外一尺雪，	iaˋ ˌlɐi ˌʑiɐŋ ŋuɒiˋ ʔiĕt tɕʻiɐk siwɐt
曉駕炭車輾冰轍；	ˊxieu kaˋ tʻanˊ kiwo ˊniɛn piɐŋ ɖʼiat
牛困人飢日已高，	ˌŋiĕu kʻuɐnˋ ˌnʑiĕn ki nʑiĕt ˊiː ˌkɑu
市南門外泥中歇。	ʑiˋ ˌnɒm ˌmuɐn ŋuɒiˋ niei ˌtiuŋ xiɐt
兩騎翩翩來是誰？	ˊliaŋ gʼiĕ ˌpʻien ˌpʻien ˌlɐi ʑiĕˋ ˌʑwi
黃衣使者白衫兒；	ˌɣwaŋ ʔiĕi şiˋ ˋtɕia bʼɐk ˌnʑiĕ
手把文書口稱勅，	ˊɕiɐu ˊpa ˌmiuɐn ˌɕiwo ˊkʻɐu tɕʻiɛŋ tʻiɐk
迴車叱牛牽向北！	ˌɣuɒi ˌkiwo tɕʻiĕt ˌŋiĕu kʻien xiaŋˋ pɐk
一車炭重千餘斤，	ʔiĕt ˌkʻiwo tʻanˊ ɖʼiwoŋˋ ˌtsʻien ˌiwo ˌkiĕn
宮使驅將惜不得！	ˌkiuŋ ʑiˋ ˌkʻiu ˌtsiaŋ siɛk piuɐt tɐk
半匹紅紗一丈綾，	puɐnˋ pʼiĕt ˌɣuŋ ʂa ʔiĕt ˊɖʼiaŋ ˌliĕŋ
繫向牛頭充炭直。	ɣieiˋ xiaŋˋ ˌŋiĕu ˌdʼɐu ˌtɕʻiuŋ tʻanˊ ɖʼiɐk

用國際音標拼寫唐詩當時的念法

《詩經・國風・周南・關雎》李方桂擬音

關關雎鳩，	kwran	kwran	tshjag	kjəgw
在河之洲。	dzəgx	gar	tjəg	tjəgw
窈窕淑女，	ʔiəgwx	diagwx	djəkw	nrjagx
君子好逑。	kjən	tsjəgx	həgwx	gjəgw

參差荇菜，	tshəm	tshrar	graŋx	tshəgh
左右流之。	tsarx	gwjəgx	ljəgw	tjəg
窈窕淑女，	ʔiəgwx	diagwx	djəkw	nrjagx
寤寐求之。	ŋagh	mjidh	gjəgw	tjəg

求之不得，	gjəgw	tjəg	pjəg	tək
寤寐思服。	ŋagh	mjidh	sjəg	bjək
悠哉悠哉，	rəgw	tsəg	rəgw	tsəg
輾轉反側。	trjanx	trjuanx	pjanx	tsrjək

參差荇菜，	tshəm	tshrar	graŋx	tshəgh
左右采之。	tsarx	gwjəgx	tshəgx	tjəg
窈窕淑女，	ʔiəgwx	diagwx	djəkw	nrjagx
琴瑟友之。	gjəm	srjit	gwjəgx	tjəg

參差荇菜，	tshəm	tshrar	graŋx	tshəgh
左右芼之。	tsarx	gwjəgx	magw	tjəg
窈窕淑女，	ʔiəgwx	diagwx	djəkw	nrjagx
鐘鼓樂之。	tjuŋ	kwagx	ŋragwh	tjəg

改變學術史的一次聲韻研討會

聲韻會的傳承

　　全國聲韻學研討會是臺灣地區歷史最久的學術會議之一。這項研討會每年舉行一次，以漢語聲韻為主題，輪流由各大學主辦。除了邀請各校教授發表論文之外，也歡迎研究生、中小學語文教師、及有興趣之社會人士自由參加討論。所以每年的研討會都十分熱烈，對提升和推廣漢語言的研究，產生了莫大的助益。

　　這項研究會在精神上是一千多年前的一次聲韻學研討會的延續。那一次研討會改變了學術的歷史，促成了《切韻》的誕生。我們現在就來談談那次討論會的始末。會議的情形是這樣的：

時間：隋統一全國的前七年，即隋文帝開皇二年，西元五八二年。

地點：長安陸法言宅。

主席：儀同三司劉臻。

記錄：陸法言。

出席：外史顏之推、著作郎魏淵、武陽太守盧思道、散騎常侍李若、
　　　國子博士蕭該、蜀王諮議參軍辛德源、吏部侍郎薛道衡。

主題：聲調和韻母的分合問題。

夜永酒闌，論及音韻

　　本來，那次會議不是預先安排好的。只是一羣志同道合的朋友難得抽空到陸法言家中喝酒聊天，大家興致都很高，一談就談到了深夜。由於出席的九個人都是當代的音韻學者，於是，他們談論的主題就自然而然的集中到聲調和韻母的問題上。

　　他們除了討論吳楚、燕趙、秦隴、梁益四個地區的聲調差異[1]，也討論了「支、脂」、「魚、虞」[2]、「先、仙」[3]、「尤、侯」[4]幾個韻的區別。他們對於隋代以前的韻書往往反映一地的方言，覺得在應用上很不方便。這些韻書包括：

　　呂靜《韻集》、夏侯詠《韻略》、陽休之《韻略》、周思言《音韻》、李季節《音譜》、杜臺卿《韻略》。

　　讀書人從事詩文押韻參考這類韻書時，適合江東地方的，就不

1　《切韻》序說：「吳楚則時傷輕淺，燕趙則多傷重濁；秦隴則去聲為入，梁益則平聲似去。」

2　《顏氏家訓》〈音辭篇〉說：「其謬失輕微者……則北人以庶（御韻）為戍（遇韻），以如（魚韻）為儒（虞韻），以紫（紙韻）為姊（旨韻）。」可見顏之推的語言還能分清楚「魚、虞」兩韻和「支、脂」兩韻的不同。但當時北方也有一些地區和今天一樣不能分別了。

3　隋代作品是有許多是「先、仙」兩韻不分的。例如盧思道的「從軍行」以「泉、連、年、賢、天」相押；「後園宴」以「仙、年、田、連、然」相押；顏之推「觀我生賦」以「鳶、天、年、旋、廛、懸、烟、焉、絃、連、虔、宣」相押；「神仙篇」以「年、仙、前、憐、篇、煙、泉、天、旋」相押。陸法言《切韻》根據有區別的方言，把「先、仙」分成兩個韻。

4　隋代作品也有「尤、侯」兩韻不分的。例如薛道衡「豫章行」以「甌、遊、流、洲、樓」相押；「渡河北」以「洲、流、樓、浮、侯、愁」相押；盧思道「日出東南隅行」以「鈎、樓、羞、眸、愁、留、頭」相押；「河曲遊」以「流、遊、洲、稠、樓、猶、謳、溝、憂」相押。陸氏《切韻》依洪、細的不同，把「尤、侯」分成兩個韻。

適合河北地方[5]，形成了「各有土風，遞相非笑」的局面[6]。例如《韻集》把「成」（清韻）、「仍」（蒸韻）合為一韻，把「宏」（耕韻）、「登」合為一韻。又把「為、奇」（同屬支韻）分成兩韻；把「益、石」（同屬昔韻）分成兩韻，都是方言的現象。

由王仁煦《刊謬補缺切韻》韻目下的小註就可以了解隋以前的韻書各有乖互的情形：

「冬」下註：陽與鍾江同，呂、夏侯別，今依呂、夏侯。

「脂」下註：呂、夏與微韻大亂雜，陽、李、杜別，今依陽、李。

「真」下註：呂與文同，夏侯、陽、杜別，今依夏、陽、杜。

「臻」下註：呂、陽、杜與真同韻，夏別，今依夏。

這種方言殊異的現象在南北朝分裂的時代，也許還不覺得有什麼問題，但是一旦國家統一之後，自然也就需要一部超乎方言之上的共同韻書。那次音韻討論期正當在國家統一的前夕，統一的大勢已經形成，韻書的統一工作在知識份子眼中，自然是件急切而必須的工作。有了這樣的共識，於是，他們把古今、南北的種種音韻問題一一討論，「捃選精切，除削疏緩」，終於設計出了一套能適合全國各地的分韻體系。

當時出席的學者都是一時名彥，只有陸法言是個二十歲左右的年輕人。於是，魏淵就請陸法言擔任記錄，他說：「向來論難，疑處悉盡，何不隨口記之？我輩數人，定則定矣。」

討論會之後的十數年間，陸法言由於公務繁忙，這份記錄始終收存在書櫃裏。大約在三十九歲時，陸氏罷官回鄉，在家鄉教授諸弟子。深感音韻知識的重要，而當時參與討論會的學者，半數已先後辭世，存在的也由於「交游阻絕」而「質問無從」，使他想起了這份記

5　《切韻》序說：「江東取韻，與河北復殊」。

6　見《顏氏家訓‧音辭篇》。

錄。於是，他以這份記錄作藍本，並參考諸家音韻，古今字書，利用空暇，編成了劃時代的鉅作——《切韻》。這是西元六〇一年的事，國家經過四百年的分裂，重歸統一的第十三年。

一部承先啟後的鉅作

《切韻》出現，是學術史上的大事，它不但是集六朝韻書之大成的作品，也是第一部兼容古今方國之音的韻書。它的出現，使得六朝韻書黯然失色，因而通通亡佚不存了。唐代的韻書都是因襲它的架構[7]，一直到宋代的《廣韻》，事實上都是《切韻系的韻書》。《切韻》原書雖然今天只剩下了一些殘卷[8]，但是我們透過完整的《廣韻》，還可窺見那次聲韻學研討會的影子，也可以藉而探察出當時的語音狀況。在聲韻學上，《切韻》是了解中古音的關鍵，自從清陳澧的《切韻考》訂出了六個反切條例，我們能夠進而歸納出切韻音系。以這個音系做基礎，我們一方面得以上推先秦古音，一方面也能了解現代語音的來源。因此，可以說整個漢語音韻韻史，是以《切韻》為核心的。

隋代以來，《切韻》對讀書人的影響既深且遠。唐宋都以它為官韻，也就是士人考試的標準韻。所以每個讀書人都熟悉它，甚至朝夕不離。

到了今天，它仍然是一部有用的工具書[9]。它的每一個字都有詳細的字義解說，也有反切的注音。現代編字典的人都得參考它、引用

---

7 唐代修訂《切韻》的，如郭知玄、關亮、薛峋、王仁煦、祝尚丘、孫愐、嚴寶文、裴務齊、陳道固等人。其中，王仁煦和孫愐的《切韻》今天還可以見到。

8 《切韻》殘卷出於敦煌石窟，原卷流落國外。劉復《十韻彙編》、姜亮夫《瀛涯敦煌韻輯》、潘重規《瀛涯敦煌韻輯新編》都影寫收入。

9 我們這裏所說的《切韻》，包括了切韻系的韻書，一般實際指的是《廣韻》。

它，它的工具書的價值絕不因時代變遷而絲毫減損。就今日言，如果它再能有個方便的索引，那麼，不單是學者，就是一般人也能夠翻閱它，它的貢獻就能更為普遍，造福更多的人。

當我們抬頭面對書架上的《廣韻》──《切韻》的宋代版，也許一千多年前那次聲韻研討會的情景仍會歷歷浮現眼前吧！

有關「韻書」的常識

韻書的功能

顧名思義,「韻書」就是押韻的參考書。我們作詩押韻,光憑空想哪些韻腳字合用,一定很困難,如果手頭有一部韻書,把可以在一起押韻的字都為你歸納好了,我們只需一翻書,一大堆可用的韻腳字就呈現眼前,供你選用,不是很方便嗎?

但是,韻書所分的「韻」,也就是可以相押韻的字,又是根據怎樣的標準呢?什麼樣的語音條件可以相押,什麼樣的情況又不相押,是否可以具體的說明出來呢?有些人說:韻母相同不是就可以押韻了嗎?這句話並不全對。這裏,我們得先分清楚「韻」和「韻母」兩個觀念。它們不能混為一談。韻書的一個「韻」,是一羣可以相押韻的字,然而,它們的「韻母」並不一定相同。例如《廣韻》的「東韻」,其中的「公、工」和「弓、宮」可以相押,而它們的韻母卻有〔uŋ〕和〔juŋ〕的不同。(這是指《廣韻》所代表的時代的發音,包括了六朝隋唐)。又如《詩經》〈大雅板〉一章:

> 上帝板板,下民卒瘴。出話不然,為猶不遠。

其中「板」-ean、「瘴」-an、「然」-ian、「遠」-iuan,「韻母」雖不相同,卻屬可以相押的一個「韻」(此擬音依王力《音韻學初步》,是先秦的古音)。

　　再如寫一首現代詩，你可以用「江、雙、崗」相押韻，可是它們的韻母有 -iaŋ、-uaŋ、-aŋ 的不同。

　　由上面的例子可知，不論哪個時代，押韻的條件都不在韻母的相同。但是，這些韻母儘管不同，既然屬於一個可以相押的「韻」，它們之間一定也有某些相似之處。如果我們再仔細檢查上面那些字的發音，可以發現屬於同韻的字，主要元音和韻尾往往是相同的。通常不同的地方只在介音（韻母的結構可以劃分為介音、主要元音、韻尾三個部分）。也就是說，押韻是不考慮介音的，就和不考慮聲母是一樣的。

韻書的組織

　　傳統的韻書，其組織方式是把全書按聲調分成平、上、去、入四大部分，每部分再分一個個的「韻」。每個韻都有個名稱，也就是所謂的「韻目」。例如「東、冬、鍾、江……」就是平聲開頭的韻目。

　　每個韻裏，把同音字聚在一起，通常在頭一個字下注明「反切」，表示這一羣同音字的唸法。例如《廣韻》東韻：

　　　　同（徒紅切）、仝、童、僮、銅……

　　除了注音之外，大部分韻書也兼釋義。也就是在每個字下面用小字說明這個字的意義和用法。例如《韻會》東韻「童」字下注：

　　　　童，《說文》：未冠也，本作僮，從人童聲。《禮記》：十五成僮，僮子也。《史記》：使僮男女七十人俱歌，今作童。《廣韻》：獨也，言童子未有室家者也。《增韻》：十五以下謂之童

子。又山無草木曰童。又宛童，草名。《詩》注：蔦即宛童，
寄生草也。又夫童，地名，見《春秋公羊傳》。又姓，漢內史
童仲。《禮記·檀弓》：重汪踦。注：重當作童。案《說文》：
童，奴也。僮，幼也。今文僮幼字作童，童僕字作僮，相承失
也。又見僮字注。

由此可知，韻書不僅是作詩押韻的參考書，也是很好的工具書。
如果我們熟悉它、常用它，它便能提供我們豐富的古語資料。對教學
和研究的幫助很大。

我們要熟悉韻書，第一步就是熟悉它的平聲韻目。才能對它的歸
字情形有個大略的概念。記誦平聲韻目的方法很簡單，我們可以把兒
歌「兩隻老虎」的歌辭換成韻目來唱，既易學，又能終生不忘。其音
節停頓處如下：

東冬鍾江，支脂之微，魚虞模（重複一次），齊佳皆灰咍──
呀，真諄臻文欣元，魂痕寒，桓刪山。
先仙蕭宵，肴豪歌戈，麻陽唐（重複一次），庚耕清青蒸登，
尤侯幽侵覃談，鹽添咸，銜嚴凡。

韻目歌譜

傳統韻書的發展

　　韻書到底有多少部？它們之間的關係又如何呢？我國第一部韻書是魏李登的《聲類》。六朝間，《韻集》、《韻略》、《音譜》……等韻書相繼出現，可是到了隋代陸法言的《切韻》通行之後，隋以前的韻書就全部亡佚了，《切韻》是一部綜合南北古今語音的韻書，所以特別受到重視，唐代的韻書大部分都是以它為藍本而稍加修訂的。

　　例如郭知玄、關亮、薛峋、王仁煦、祝尚丘、孫愐、嚴寶文、裴務齊、陳道固、李舟等人都曾經修訂過《切韻》。

　　現在完整保留下來的隋唐韻書，只有王仁煦的《刊謬補缺切韻》一種。其他都只剩下一些殘卷而已。這些殘卷收入了劉復的《十韻彙

編》、姜亮夫的《瀛涯敦煌韻輯》和潘重規先生的《瀛涯敦煌韻輯新編》幾部著作中。

唐代韻書中，對宋代韻書的編排、組織影響最大的，是李舟《切韻》。所以這部書被稱為「宋韻之祖」。宋朝是一個韻書高度發展的時代，產生的韻書遠超過前代。大致可分兩系：一是由切韻一脈發展下來的，如《廣韻》、《集韻》、《禮部韻略》等；一是代表宋代語音簡併的韻書，如《五音集韻》、《壬子新刊禮部韻略》（劉淵）、《新刊韻略》（王文郁）等。其中，劉淵和王文郁分一〇六或一〇七韻的韻書，後世稱為「平水韻」，演化成近世作詩押韻的參考書《詩韻集成》，這是研究文學的人必備的。而另一系的《廣韻》則成為清代以來古音研究的基本資料，是研究語言的人必備的。

《廣韻》分二〇六韻，共二萬六千字。是陳彭年、丘雍奉勒編撰的，成書於北宋真宗大中祥符元年（1008年），全名為「大宋重修廣韻」。《廣韻》雖然成書於宋代，但是它所反映的語音是《切韻》所代表的六朝隋唐音。所以清代的音韻學家陳澧用其中的反切歸納出中古音的聲類和韻類，這是音韻學研究的一大步。黃侃也利用《廣韻》去探索上古韻部，而建立了「古本韻」的理論。

北音韻書

元代開始，有北音韻書的興起。最早的一部，是元周德清的《中原音韻》（1324）。這部韻書是依據元曲的押韻歸納而成的，元曲又是依據當時北方的活語言寫的，因此，《中原音韻》反映了當時北方的實際語音。它和傳統韻書在編制上最不同的，是先分韻類，再分聲調，所以韻數就顯得少了很多，只有十九個韻。每個韻內所分的四聲不是舊日的平、上、去、入，而是和今日國語相同的陰平、陽平、上

聲、去聲。入聲已經消失，散入了平、上、去中，此外，《中原音韻》所收的字不帶釋義，所以不像傳統韻書一樣，兼具字典的功能。

明代產生了兩部著名的北音韻書，蘭戌的《韻略易通》（1442）以及畢拱辰的《韻略匯通》（1642）。前者分二十韻，後者則分十六韻，由其中可以看出兩百年間語音演化的大概情況。這兩部書最特別的，是用一首「早梅詩」來代表當時的二十類聲母：

　　東風破早梅，向暖一枝開，
　　冰雪無人見，春從天上來。

每韻之下，依早梅詩次序編列各字。同一聲母之下又列陰平、陽平、上聲、去聲、入聲五類字。其中的入聲很可能只是因襲舊音，實際聲調則與《中原音韻》同（也有可能入聲還帶有喉塞音韻尾）。

《韻略匯通》的分韻較少，主要是因為到了十七世紀，以 -m 收音的字（例如「咸、廉、侵」等）完全變成了 -n 收尾，正如今天的國語一樣。

早梅詩反映明代的 20 個聲母

現代韻書的編撰

　　歷代韻書不同，這是因為語言演化的關係。韻書必須配合語言的演化，才能切合各時代作詩押韻的需要。作詩押韻如果只是依據前代的韻書，使用前代的語言，這樣的作品在傳達力、感染力上必然會削弱很多。因為它不是依活語言寫成的，而是僵化的作品。二十世紀的今天，我們也應當有一部屬於今天的韻書，完全按照今天的發音去歸字，用現代的音標來注意，羅列豐富的詞條，並加上釋義，使它兼有字典的作用。可惜這樣一部書目前還不曾產生，盼望不久的將來，除了依部首、聲母編排的字典外，也會有一部依韻編排的字典出現。

《國音標準彙編》具有現代「韻書」的特點

「反切」的故事

反切是古代的注音法

我們遇到不會唸的字，都知道要查注音。從小學開始，大家都學會了一套ㄅㄆㄇ的注音符號。可是，注音符號是近代才發明的。古人如果遇到不會念的字怎麼辦呢？古代通行的注音方式有兩種：一種叫「直音」，一種叫「反切」。直音是用一個同音的字來注音，例如「仁，音人」、「提、音題」、「齊盛，音咨成」等。但是，如遇某字根本沒有同音字，那直音法就不靈了。譬如國語的「丟」字，你能用直音法告訴別人它的唸法嗎？不能，因為你找不出一個和它同音的字。有時候，就算有同音字，如果那個同音字是個冷僻不常見的字，那麼，直音法又不靈了。例如「臺，音邰」（見《九經直音》檀弓上），用來注音的字如果你也不會唸，那不是注了等於白注嗎？所以，直音法雖然直接而簡便，也有其短處。自從發明了反切法，這些缺點都可以避免了。反切是用兩個字來拼一個字的音，頭一個字叫反切上字，第二個字叫反切下字。反切上字必須和被注的字雙聲（聲母相同），反切下字必須和被注的字疊韻（韻母相同）。所以，字音的清濁由反切上字決定，字音的開合洪細由反切下字決定[1]。至於聲調，也是由反切下字決定。例如「同，徒紅切」，反切上字「徒」的聲母唸ㄊ，反切下字「紅」的韻母唸ㄨㄥˊ兩個合起來就是ㄊㄨㄥˊ，正是「同」

1　清濁和開合洪細參考本書〈揭開古音奧秘的利器──語音學〉。

字的讀法。用這樣的方式注音，所有的字音都可以拼得出來。

反切的起源

反切法導源於東漢，盛行於六朝，一直到民國初年仍習用不衰。民初所編的工具書幾乎都採用反切，像《辭海》、《辭源》、《中華大字典》等。

反切的發明是受佛教和梵文傳入的影響。梵文是拼音文字，東漢時代的讀書人受了拼音文字的啟發，體悟了分析字音的技巧，於是把漢字的發音分成頭、尾兩部分，開頭相同的一羣字，稱為「雙聲」，後半相同的一羣字，稱為「疊韻」。有了雙聲、疊韻的知識，自然就會想到運用這種知識來製造反切。

從東漢到隋唐的反切多稱為「某某反」，唐末以後，覺得反字用多了，很犯忌諱，所以，後來都改用「某某切」了。「反切」的得名就是這樣來的[2]。如果我們見到的是「某某反」，可以判斷它是早期的反切。

傳統的說法，認為三國時代魏人孫炎（字叔然）是第一個使用反切的人。事實上，東漢的應劭[3]、服虔[4]、杜林[5]、馬融[6]、鄭眾[7]等人都用過反切。說成孫炎首創，是因為他有一部《爾雅音義》，大量使用反切，又流傳很廣，所以一般人想到反切，就會想到孫炎，以致衍為

2　清李汝珍有另一個看法，他認為反切是「反複切摩以成音之意」。見李氏《音鑑》一書。

3　見《漢書》地理志：「墊，徒浹反」、「沓，長答反」等。

4　見《漢書》揚雄傳：「繯，胡犬反」。

5　見《顏氏家訓》音辭篇：「反稗為逋賣，反娃為於乖」。

6　見《經典釋文》周易訟卦：「中，丁仲反」。

7　見《經典釋文》周禮考工記輪人：「綆，補管反」。

「孫炎創反切」的傳說了。現存最早而又最完整的採用反切注音的書是《經典釋文》，唐朝陸德明所撰。它和宋代集直音之大成的《九經直音》[8]是中國古代兩種注音法的代表。

《經典釋文》中的《論語》是早期反切注音法的代表

國語和反切

我們既懂得了反切的注音法，是不是看到任何反切都可以用國語直接拼出它所表示的唸法呢？不行，因為每個時代的音不一樣，每個時代的人都用他們自己時代的音造反切，時代變了，這個反切就不準了。我們用國語只能拼出近代工具書中由近代人所造的反切。像《經典釋文》、《廣韻》中的反切，一般人是無法用以拼出國語的唸法的。

8　商務印書館有影本《明本排字九經直音》。

譬如「東，德紅切」，拼出來是ㄉㄨㄥˊ；「蟲，直弓切」，拼出來是ㄓㄨㄥ，就不準了。那麼，古代的反切不是沒有價值了嗎？也不對，只要我們有足夠的古音學識，還是可以利用古代反切拼出國語正確的唸法。像「東」字是第一聲，拼出來卻是第二聲，如果我們知道以下的規律，就不致疑惑了：

　　一、 第一聲、第二聲古代並無不同，只是一個「平聲」而已。

　　二、 古代的平聲，如果聲母是清音（voiceless），國語就變為第一聲，如果是濁音（voiced），國語就變為第二聲。

　　三、 「東」字是清聲母，代入規律後應該拼成ㄉㄨㄥ。

　　不過，這樣的判斷能力，沒有受過專門古音訓練的人是做不到的。「聲韻學」就是幫助我們具備這種能力的一門知識。有了這種知識，任何冷僻怪異的字都可以透過反切推斷出國語該怎麼唸。

　　古代反切最大的價值，還是在幫助我們探討古音系統及其演化痕跡。

用反切探索古音

　　「類隔反切」是我們了解某些古音現象的線索。所謂「類隔反切」，是說早期造的反切，後來由於語音變了，於是反切上字和被注的字不再是雙聲，「類別」上有了「隔閡」。例如「卑，府移切」，「卑」的聲母是ㄅ，「府」卻是ㄈ，原來「府」也是唸ㄅ聲母的，只不過後來音變，轉成了ㄈ，這叫做「脣音類隔」[9]。它證明了「古無輕脣音」[10]的規律。又如「罩，都教切」，「罩」是個舌上音（今稱舌面

9　ㄅ和ㄈ都是脣音。

10　輕脣音今稱脣齒音，它和重脣音（雙脣音）相對。

音），「都」是個舌頭音（今稱古尖音），這是「舌音類隔」。它證明了「古無舌上音」的古音規律。因為「罩」字本來應當也是個舌頭音。又如「覽，子鑑切」，「覽」是正齒音（舌尖面音），「子」卻是齒頭音（舌尖塞擦音），這是「齒音類隔」（又稱「精莊互用」或「精照互用」）。它證明了「精、莊」[11]兩類字古音是同源的。

清代的陳澧[12]，寫了一部《切韻考》，他是第一個運用《廣韻》的四千個反切而求出中古音系統的人。他定出著名的六項條例，下面介紹前兩條——基本系聯條例：

一、切語上字同用、互用、遞用者，聲必同類。

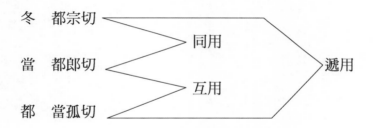

凡具有三種關係中任何一種，那麼就可以系聯在一起，它們的聲母一定相同。

二、切語下字同用、互用、遞用者，韻必同類。

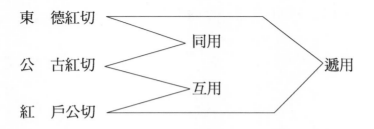

---

11 精和莊都是聲母的代字，像「子、即、作……」都是精類字，「側、阻、爭……」都是莊類字。

12 字蘭甫（1810-1882），廣東番禺人。

　　同樣的，具有這種關係之一，它們的韻母也一定相同。

　　由這兩個條例，我們就能夠辨別哪些反切上字代表同一類聲母，哪些反切下字代表同一類韻母。這樣「連連看」的結果，中古聲母有多少類？韻母有多少類？就清楚的顯現出來了。所以，我們說古代反切最大的價值在使我們了解古音狀況。

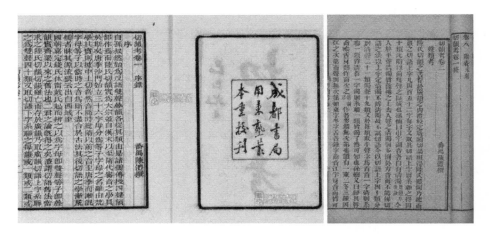

19 世紀誕生的《切韻考》第一個定出反切條例

　　下面是運用陳澧的系聯法而歸納出來的聲母類別和韻母類別。讀者只需查出任何一字的廣韻反切，就能夠看看反切上字和反切下字在這張表裏歸屬何類，藉以了解該字的中古音韻狀況。

反切上字表

依照陳澧的反切條例，可以把中古韻書的四百多個反切上字系聯為下面幾類聲母：（反切依據唐寫本全本《王仁昫刊謬補缺切韻》，括號內為反切注音）

一、幫母──p

1・北（波墨）波（博何）逋（博孤）補（博古）伯百（博白）博（補各）彼（補靡）兵（補榮）并（補盈）

2・必（比蜜）比（卑履）卑（府移）方（府長）分（府文）封（府容）甫府（方主）鄙（方美）筆（鄙密）

3・非（匪肥）匪（非尾）

二、滂母──p´

1・滂（普郎）普（滂古）

2・譬（匹義）匹疋（譬吉）

3・敷孚（撫扶）撫（孚武）披（敷羈）芳（敷方）妃（芳非）

三、並母──b

1・薄（傍各）白（傍百）旁傍（步光、蒲浪）盆（蒲昆）平（蒲兵）蒲蒲（薄胡）步（薄故）裴（薄恢）萍（薄經）

2・父（扶雨）防（符方、扶浪）馮（扶隆）扶符苻（附夫）附（符遇）房（符方）皮（符羈）縛（符玃）浮（縛謀）毗（房脂）便（房連、婢面）婢（便俾）

四、明母──m

1・莫（慕各）慕（莫故）謨（莫胡）

2・美（無鄙）蜜（無必）武（無主）無（武夫）亡（武方）妄（武放）忘（武方、武放）明（武兵）彌（武移）眉（武悲）文（武分）靡（文彼）

五、端母──t

1・德得（多特）多（得河）

2・冬（都宗）當（都郎）都（丁姑）卓（丁角）胝（丁私）丁（當經）

六、透母──tʼ

他（託何）託（他各）吐（他古、湯故）湯（吐郎）

七、定母──d

徒（度都）度（徒故）杜（徒古）陀（徒何）大（徒蓋、唐佐）特（徒德）唐堂（徒郎）

八、泥母──n

那（諾何）諾（奴各）內（奴對）乃（奴亥）妳（奴解）年（奴賢）奴（乃胡）

九、來母──l

1・落洛（盧各）勒（盧德）盧（落胡）練（落見）路（洛故）

2・郎（魯當）魯（郎古）

3・閭（力魚）呂（力舉）慮（力據）贏（力為）六（力竹）力（良直）里李理（良士）良（呂張）離（呂移）

十、知母──ţ

智（知義）知（陟移）猪（陟魚）中（陟隆）追（陟佳）張（陟良）竹（陟六）陟（竹力）

十一、徹母──ţʼ

丑（勑久）勑（褚力）褚（丑呂）絺（丑脂）

十二、澄母──ḑ

宅（棖百）棖（直庚）持（直之）池（直知）丈（直兩）除（直魚）直（除力）佇（除呂）

十三、娘母──ŋ̧

儜（女耕）娘（女良）尼（女脂）女（尼與、娘據）《廣韻》的反切是:尼（女夷）拏（女加）女（尼呂）穠（女容）□【搙】（穠用）檸（拏梗）

十四、精母──ts

祖（則古）則（即勒）資（即夷）觜（即委）將（即良）子（即里）即（子力）作（子洛）借（子夜）茲（子慈）紫（茲爾）姊（將幾）醉（將遂）遵（將倫）

十五、清母──tsˊ

麤（倉胡）采（倉宰）千（倉先）倉（七崗）取（七庾）且（七也）翠（七醉）淺（七演）親（七鄰）雌（七移）七（親日）此（雌氏）

十六、從母──dz

1・昨（在各）在（昨宰）組（昨姑）才（昨來）慙（昨甘）
2・秦（匠鄰）疾（秦悉）慈（疾之）字（疾置）匠（疾亮）情（疾盈）自（疾二）漸（自冉）聚（慈雨）

十七、心母──s

速（送谷）送（蘇弄）素（蘇故）先（蘇前）蘇（息吾）桑（息郎）思司（息茲）辛（思鄰）私（息脂）斯（息移）悉（息七）雖（息遺）胥（息魚）相（息良）息（相即）須（相俞）

十八、邪母──z

隨（旬為）旬（詳遵）似（詳里）詳（似羊）囚（似由）詞辭（似茲）徐（似魚）寺（辭吏）敘（徐呂）

十九、莊母──tʃ

側（阻力）阻（側呂）莊（側羊）責（側革）

二十、初母──tʃˊ

初（楚魚）楚（初舉）廁（初吏）叉（初牙）愴（初亮）測惻（愴力）藰（測禹）

二十一、崇母──dʒ
士仕（鋤里）鋤（助魚）助（鋤據）

二十二、生母──ʃ
山（所閒）色（所力）數（所矩、色句）所（疏舉）師（疏脂）疏（色魚）

二十三、俟母──ʒ
漦（俟淄）俟（漦史）

二十四、章母──tɕ
之（止而）職（之翼）旨（職雉）脂（旨夷）
諸（章魚）支（章移）章（諸良）止（諸市）

二十五、昌母──tɕʻ
處（昌與、杵去）充（處隆）昌（處良）車（昌遮）杵（昌與）尺赤（昌石）叱（尺栗）

二十六、船母──dʑ
食（乘力）乘（食陵、實證）實（神質）神（食鄰）繩（食陵）

二十七、書母──ɕ
失（識質）矢（式視）施（式支）識式（商職）商傷（書羊）詩（書之）始（詩止）書舒（傷魚）

二十八、禪母──ʑ
成（是征）是氏（丞紙）視（承旨、常利）承丞（署陵）署（常據）寔植（常職）常（時羊）市（時止）時（市之）殊（市朱）蜀（市玉）豎（殊

主）樹（殊遇）

二十九、日母——nʑ（鼻塞擦音）

如（汝魚）汝（如與）而（如之）耳（而止）人（如鄰）日（人質）儒（日朱）兒（汝移）爾（兒氏）仍（如承）

三十、見母——k

1・古（姑戶）孤姑（古胡）公（古紅）各（古落）加（古牙）格（古陌）

2. 居（舉魚）駒俱（舉隅）久九（舉有）君（舉云）舉（居許）紀（居以）幾（居履）詭（居委）癸（居誄）軌（居洧）吉（居質）基（居之）

三十一、溪母——kʻ

1・苦（康杜）康（苦岡）口（苦厚）空（苦紅）枯（苦胡）恪（苦各）客（苦陌）

2・去（羌舉、却據）卻（去約）丘（去求）羌（去良）匡（去王）窺（去隨）詰（去吉）傾（去營）氣（去既）區驅（氣俱）墟（去魚）起（墟里）綺（墟彼）

三十二、群母——g

暨（其器）衢（其俱）巨（其呂）求（巨鳩）強（巨良）臼（強久）渠（強魚）其（渠之）奇（渠羈）葵（渠佳）逵（渠追）狂（渠王）

三十三、疑母——ŋ

1・五（吾古）吾吳（五胡）

2・魚（語居）牛（語求）虞愚（語俱）語（魚舉）宜（魚羈）危（魚為）

三十四、曉母——x

1・呼（荒島）荒（呼光）火（呼果）海（呼改）虎（呼古）呵（虎何）霍（虎郭）

2・虛（許魚）香（許良）況（許妨）羲（許羈）許（虛呂）希（虛機）興

（虛陵）

三十五、匣母──ɤ

何（韓柯）韓（胡安）戶（胡古）侯（胡溝）黃（胡光）下（胡雅）胡
（戶吳）痕（戶恩）諧（戶皆）鞋（戶佳）

三十六、云母──ɤj（顎化的舌根濁擦音）

1·雲云（王分）筠（王麕）韋（王非）王（雨方、于放）羽雨（于矩）尤
（羽求）于（羽俱）

2·蔿（為委）為（蔿支、榮偽）

3·榮（永兵）永（榮丙）洧（榮美）

三十七、影母──ʔ

1·烏（哀都）阿（烏何）安（烏寒）愛（烏代）哀（烏開）

2·於（央魚、哀部）一（於逸）乙（於筆）伊（於脂）憂（於求）央（於
良）應（於陵）英（於京）依（於機）謁（於歇）憶（於力）紆（憶俱）

三十八、以母──ø（零聲母）

夷（以脂）以（羊止）羊（與章）弋翼（與職）移（弋支）余餘（與魚）
與予（余呂）營（余傾）

切語下字表

東 1.紅東公-uŋ　2.弓戎中融宮終-juŋ	董　孔董動揔蠓-uŋ	送 1.貢弄送凍-uŋ　2.仲鳳眾[13]-juŋ	屋 1.谷卜祿-uk　2.六竹逐福菊匊宿-juk
冬　宗冬-uoŋ	（併入腫韻）-uoŋ	宋　綜宋統-uoŋ	沃　毒沃酷篤-uok
鍾　容恭封鍾凶庸-	腫 1.隴湩 (冬上)	用　用頌-juoŋ	燭　玉蜀欲足曲綠-juok

13 送韻「鳳，馮貢切」為誤切。可依據「懵，莫弄切」、「䁡，莫鳳切」分開兩類。

juoŋ	2.隴勇拱踵奉冗悚冢-juoŋ		
江　雙江-ɔŋ	講　項講燿-ɔŋ	絳　巷絳降-ɔŋ	覺　角岳覺-ɔk
支　1.支移離知-je　2.宜羈奇-je　3.規隨隋-jue　4.為垂危吹[14]-jue	紙1.氏紙爾此爹侈-je　2.綺倚彼-je　3.婢彌俾-jue　4.委累捶詭毀髓髲-jue	寘　1.義智寄賜豉企-je　2.恚避-je　3.偽睡瑞累-jue	
脂　1.夷脂尼資飢私-jei　2.追悲隹遺眉綏維-juei	旨　1.幾履姊雉視矢-jei　2.軌鄙美水洧誄壘-jei　3.癸[15]-juei	至　1.利至四冀二器自-jei　2.類位遂醉愧秘媚備萃寐-jei　3.季悸-juei	
之　之其茲持而（j）i	止　里止紀士史（j）i	志　吏記置志（j）i	
微　1.希衣依-jəi　2.非韋微歸-juəi	尾　1.豈狶-jəi　2.鬼偉尾匪-juəi	未　1.既豙-jəi　2.貴胃沸味畏未-juəi	
魚　魚苦諸余泹-jo	語　呂與舉許巨渚-jo	御　據倨恕御慮預署洳助去-jo	
虞　俱朱無于輪俞夫逾誅隅匬[16]-juo	麌　矩庾主雨武甫禹羽[17]-juo	遇　遇句戍注具-juo	
模　胡都孤乎吳吾姑	姥　古戶魯補杜 -uo	暮　故誤祚暮-uo	

14　支韻「為，蔿支切」為誤切。可依據「垂，是為切」、「提，是支切」分開。至於「規、為」兩類可依據「虧，去為切」、「闚，去隨切」分開。

15　旨韻「軌、癸」兩類可依據「揆，求癸切」、「□，暨軌切」分開。

16　虞韻系聯為二：「無、夫」和「俱于……」。《廣韻》「跗，甫無切」，《切三》「跗，甫于切」，可和「無、于」實為一類。

17　虞韻「矩、雨」和「庾、主」互不系聯。《廣韻》「甫，方矩切」，《切三》作「方主切」，可知「矩、主」實為一類。

烏-uo			
齊1.奚雞稽兮迷嚖-iɛi 　2.攜圭-iuɛi	薺　禮啟米弟 -iɛi	霽 1.計詣 -iɛi 　2.惠桂-iuɛi	
		祭 1.例制祭憩 　　弊袂蔽劌 -jæi 　2.芮銳歲劊 　　衛稅 -juæi	
		泰 1.蓋太帶大艾 　　貝 -ɑi, 　2.外會最 -uɑi	
佳 1.佳膎 -æi 　2.媧蛙緺 -uæi	蟹 1.蟹買 -æi 　2.夥-uæi	卦 1.懈隘賣-æi 　2.卦[18] -uæi	
皆 1.皆諧 -ɐi, 　2.懷乖淮-uɐi	駭　駭楷 -ɐi,	怪 1.拜介界戒 -ɐi, 　2.怪壞 -uɐi	
		夬 1.犗喝 -ai 　2.夬邁快話 -uai	
灰　回恢杯灰胚 -uʌi	賄　罪猥賄-uʌi	隊　對內佩妹隊輩 　績[19] -uʌi	
咍　來哀才開哀[20] -ʌi	海　亥改宰在乃 　　給愷-ʌi	代　代漑耐愛概-ʌi	
		廢　廢穢肺 　　[21]-jɐi,-juɐi	

---

18 卦韻「卦，古賣切」為誤切，可依據「庎，方卦切」、「𧤛，方賣切」分開「卦、賣」兩類。

19 隊韻「妹、佩」和「隊、對」不系聯。然《王一》、《王二》、《全王》「對，都佩切」，可知「對、佩」韻同類。

20 咍韻「才、哉」互用，和「來、哀」不系聯。然《廣韻》「裁，作哉切」即《切三》「裁，昨來切」，可知「哉、來」同韻類。

21 廢韻「刈，魚肺切」《韻鏡》置於開口，其他廢韻字皆置於合口。故有些學者認為

真 1.鄰真人賓珍 -jen 2.巾銀 -jen	軫 忍珍引敏 -jen	震 刃覲晉遴振印 -jen	質 1.質吉悉栗必 七畢曰一比 -jet 2.乙筆密 -jet
諄 倫勻遵脣迍 綸旬筠贇[22] -juen	準 伊準允殞 -juen	稕 閏峻順 -juen	術 律聿卹 -juet
臻 臻銑 -en	(併入隱韻)	(併入震韻)	櫛 瑟櫛 -et
文 云分文 -juən	吻 粉吻 -juən	問 問運 -juən	物 勿物弗 -juət
欣 斤欣 -jən	隱 謹隱 -jən	焮 靳焮 -jən	迄 訖迄乞 -jət
元 1.言軒 -jɐn 2.袁元煩 -juɐn	阮 1.偃幰 -jɐn 2.遠阮晚 -juɐn	願 1.建堰[23] -jɐn 2.願萬販怨 -juɐn	月 1.竭謁歇訐 -jɐt 2.月伐越厥發[24] -juɐt
魂 昆渾尊奔魂 -uən	混 本損忖袞 -uən	慁 困悶寸 -uən	沒 沒骨忽勃 -uət
痕 痕根恩 -ən	很 很懇 -ən	恨 恨艮 -ən	
寒 干寒安 -ɑn	旱 旱但笥 -an	翰 旰案贊按旦 -an	曷 割葛達曷 -at
桓 官丸潘端 -uan	緩 管伴滿纂緩[25] -uan	換 貫玩半亂段換喚算 -uan	末 括活潑秳末[26] -uat
刪 1.姦顏 -an 2.還關班頑 -uan	潸 1.板赧版 -an 2.棺鯇 -uan	諫 1.宴諫澗 -an 2.患慣 -uan	黠 1.八黠 -at 2.滑拔（八）[27] -uat

廢韻有兩類韻母，「刈」字獨成一類而借用「肺」為反切下字。

22 陸法言和王仁昫「真軫震質」和「諄準稕術」不分類，《廣韻》分開，但分得不精確。真韻的反切下字「倫、筠、贇」應併入諄韻，軫韻的「殞、窘」應併入準韻，震韻的「峻」應併入稕韻，質韻的「率」應併入術韻。諄韻的「趣、吩」當併入真韻，準韻的反切下字「忍、腎、紉」當併入軫韻。

23 願韻「健，渠建切」、「圈，臼万切」，據此分「建、万」為兩類。

24 月韻「厥、月」和「越、伐」不系聯，而《廣韻》「髮，方伐切」《王二》作「方月切」，可知「伐、月」同韻類。

25 《切韻》不分「寒旱翰曷」與「桓緩換末」，《廣韻》分開，但不精密。例如寒韻「濡，乃官切」，當併入桓韻。緩韻「攤，奴但切」，當併入旱韻。

26 末韻「撥、末」和「活、括」不系聯，而《廣韻》「跋，蒲撥切」，《切三》作「蒲活反」，可知「撥、活」同韻類。

27 黠韻「黠，胡八切」、「滑，戶八切」，《韻鏡》「八」字又同時見於開口和合口。「刪潸諫黠」的唇音字開合最不清楚，高本漢認為在唇音聲母的後頭，不容易聽得出開

山 1.閑山開 -æn 　 2.頑鰥 -uæn	產 1.限簡 -æn 　 2.綰²⁸ -uæn	襇 1.莧襇 -æn 　 2.幻辦 -uæt	鎋 1.鎋瞎轄 -æt 　 2.刮頒 -uæt
先 1.前賢年堅田 　　先顛煙²⁹ -iɛn 　 2玄涓 -iuɛn	銑 1.典殄繭峴 -iɛn 　 2.泫畎 -iuɛn	霰 1.甸練佃電麵 -iɛn 　 2.縣 -iuɛn	屑 1.結屑蔑 -iɛt 　 2.決穴 -iuɛt
仙 1.連延然仙 -jæn 　 2.乾焉 -jæn 　 3.緣專川宣全 -juæn 　 4.員圓攀權 -juæn	獮 1.善演免淺蹇 　　輦展辨剪 　 2.兗轉緬篆 -jæn	線 1.戰扇膳 -jæn 　 2.箭線面賤碾膳- jæn 　 3.戀眷捲卷囀彥- juæn 　 4.絹掾釧 -juæn	薛 1.列薛熱滅別竭 -jæt 　 2.悅雪絕爇劣輟 -juæt
蕭　聊堯么彫蕭 -iɛu	篠　了鳥皎皛 -iɛu	嘯　弔嘯叫 -iɛu	
宵 1.遙招昭霄邀 　　消焦 -jæu 　 2.嬌喬鷸瀌 -jæu	小 1.小沼兆少 -jæu 　 2.夭表矯³⁰ -jæu	笑 1.照召少笑妙 　　肖要 -jæu 　 2.廟³¹ -jæu	
肴　交肴茅嘲 -au	巧　巧絞爪飽 -au	效　教孝兒稍 -au	
豪　刀勞袍毛曹 　　遭牢褒³² -ɑu	皓　皓老浩早抱 　　道 -ɑu	號　到報導耗倒 - ɑu	
歌　何俄歌河 -ɑ	哿　可我 -ɑ	箇　箇佐賀个邏 -ɑ	
戈 1.禾戈波婆和 -	果　果火 -uɑ	過　臥過貨唾 -uɑ	

口和合口，因此，唇音開合的不清楚是「聽感上的困難」所造成。亦即pʷa、pʷan等開口音跟pʷua、pʷuan等合口音之間聽起來非常相近，作反切的人一不留心，就會把應當算作開口的韻母誤作合口，或把應當算作合口的韻母誤作開口。（見《中國音韻學研究》，頁42）

28 產韻的反切下字「綰」是借用了潸韻字。

29 先韻「前、先」和「年、顛」不系聯。而「千，蒼先切」、「田，徒年切」、「賢，胡田切」《切三》作「胡千切」，可知「千、田、先、年」同韻類。

30 小韻「褾，方小切」、「表，彼矯切」，可知「小、矯」應分為兩類。

31 笑韻「嶠，渠廟切」、「翹，巨要切」，可知「廟、要」不同類。

32 豪運「刀、勞」和「毛、袍、褒」不系聯。但本韻「蒿，呼毛切」，《切三》作「呼高切」，故「毛、高」同韻類。「高，古勞切」則「毛、勞」同韻類。

ua 2.伽迦 -ja 3.靴𦨶𦨋-jua			
麻 1.加牙巴霞 -a 2.瓜華花 -ua 3.遮邪車嗟奢賒-ja	馬 1.下雅賈疋 -a 2.瓦寡 -ua 3.者也野冶姐 -ja	禡 1.駕訝嫁亞罵 -a 2.化霸³³ -ua 3.夜謝 -ja	
陽 1.良羊莊章陽張-jaŋ 2.方王 -juaŋ	養 1.兩丈獎掌養 -jaŋ 2.往 -juaŋ	漾 1.亮讓向樣 -jaŋ 2.放況妄訪 -juaŋ	藥 1.略約灼若勺爵雀虐-jak 2.縛钁籰 -juak
唐 1.郎當岡剛 -aŋ 2.光旁黃 -uaŋ	蕩 1.朗黨 -aŋ 2.晃廣 -uaŋ	宕 1.浪宕 -aŋ 2.曠謗 -uaŋ	鐸 1.各落 -ak 2.郭博穫 -uak
庚 1.庚行 -ɐŋ 2.橫盲 -uɐŋ 3.京卿驚 -jɐŋ 4.兵明榮 -juɐŋ	梗 1.梗杏冷打 -ɐŋ 2.猛礦鑍 -uɐŋ 3.影景丙 -jɐŋ 4.永憬-juɐŋ	映 1.孟更 -ɐŋ 2.橫 -uɐŋ 3.敬慶 -jɐŋ 4.病命 -juɐŋ	陌 1.格伯陌白-ɐk 2.虢攪（伯）-uɐk 3.戟逆劇郤 -jɐk
耕 1.耕莖 -æŋ 2.萌宏 -uæŋ	耿 幸耿 -æŋ	諍 迸諍 -æŋ	麥 1.革核厄摘責 -æk 2.獲麥摑 -uæk
清 1.盈貞成征情并-jɛŋ 2.營傾 -juɛŋ	靜 1.郢井整靜 -jɛŋ 2.頃潁 -juɛŋ	勁 正政盛姓令-jɛŋ	昔 1.益石隻亦積易辟迹炙 -jɛk 2.役 -juɛk
青 1.經丁靈刑 -ieŋ 2扃螢 -iueŋ	迥 1.挺鼎頂剄醒𦙾 -ieŋ 2.迥潁 -iueŋ	徑 定徑佞 -ieŋ	錫 1.歷擊激狄 -iek 2.闃臭鶪 -iuek
蒸 仍陵冰蒸矜 -jəŋ 兢膺乘升 -jəŋ	拯 拯庱 -jəŋ	證 證孕應籢甋 -jəŋ	職 力翼側職直 -jək 逼即極 -jək
登 1.登滕增棱崩朋桓 -əŋ 2.肱弘 -uəŋ	等 等肯 -əŋ	嶝 鄧贈隥互 -əŋ	德 1.則得北德勒墨黑³⁴ -ək 2.或國 -uək

33 禡韻「霸，必駕切」、「化，呼霸切」化、駕可系聯，但由「嚇，呼訝切」與「化，呼霸沏」則「化、霸」與「駕、訝」仍有分別。

34 德韻「則、德」與「北、墨」不系聯，但本韻「黑，乎北切」，《全王》作「呼德反」，故「北、墨」同韻類。

尤	有	宥	
尤　鳩求由流尤周秋州浮謀 -ju	有　九久有柳酉否婦 -ju	宥　救祐又咒副僦溜富就³⁵ -ju	
侯　侯鈎嘍 -u	厚　后口厚苟垢斗 -u	候　候奏豆遘漏 -u	
幽　幽蚴彪烋 -jəu	黝　黝糾 -jəu	幼　幼謬 -jəu	
侵　林尋心深針淫金今音吟岑³⁶ -jem	寢　荏甚稔枕朕凜錦飲³⁷ -jem	沁　禁鴆蔭任譖 -jem	緝　入立及戢執汁急汲 -jep
覃　含南男 -Am	感　感禫唵 -Am	勘　紺暗 -Am	合　合答閤沓 -Ap
談　甘三酣談 -am	敢　敢覽 -am	闞　濫暫瞰瞰蹔 -am	盍　盍臘榼雜 -ap
鹽　1.廉鹽占 -jæm　2.淹炎 -jæm	琰　1.琰冉染斂漸 -jæm　2.檢險儉 -jæm	豔　1.豔贍 -jæm　2.驗窆 -jæm	葉　1.涉葉攝接 -jæp　2.輒³⁸ -jæp
添　兼甜 -iɛm	忝　忝點簟玷 -iɛm	㮇　念店 -iɛm	帖　協愜牒頰 -iɛp
咸　咸讒 -ɐm	豏　減斬鶼 -ɐm	陷　陷賺韽 -ɐm	洽　洽夾 -ɐp
銜　銜監 -ɐm	檻　檻黤 -ɐm	鑑　鑑懺 -ɐm	狎　狎甲 -ɐp
嚴　嚴釅 -jɐm	儼　广掩 -jɐm	釅　釅欠劍 -jɐm	業　業怯劫 -jɐp
凡　凡芝(咸)³⁹ -juɐm	范　犯范錽 -juɐm	梵　1.梵泛 -juɐm　2.劍欠⁴⁰ -juɐm	乏　法乏 -juɐp

35 宥韻「救、祐」與「就」不系聯，但本韻「僦，即就切」，《全王》作「即就反」，可知「就、救」同韻類。

36 侵韻「深、針」和「金、吟」不系聯。本韻「岑，鋤針切」《全王》作「鋤金反」，可知「針、金」同類。

37 寢運「荏、枕」和「錦、飲」不系聯。本韻「蕈，慈荏切」《切三》、《全王》作「慈錦反」，可知「荏、錦」同韻類。

38 葉韻的兩類依據「魘，於葉切」、「￭，於輒切」分開。

39 凡韻「凡，符咸切」為誤切，《切三》作「扶￩反」，《王一》、《王二》、《全王》作「符￩反」。

40 梵韻「劍、欠、俺」三字應依《王二》併入釅韻。

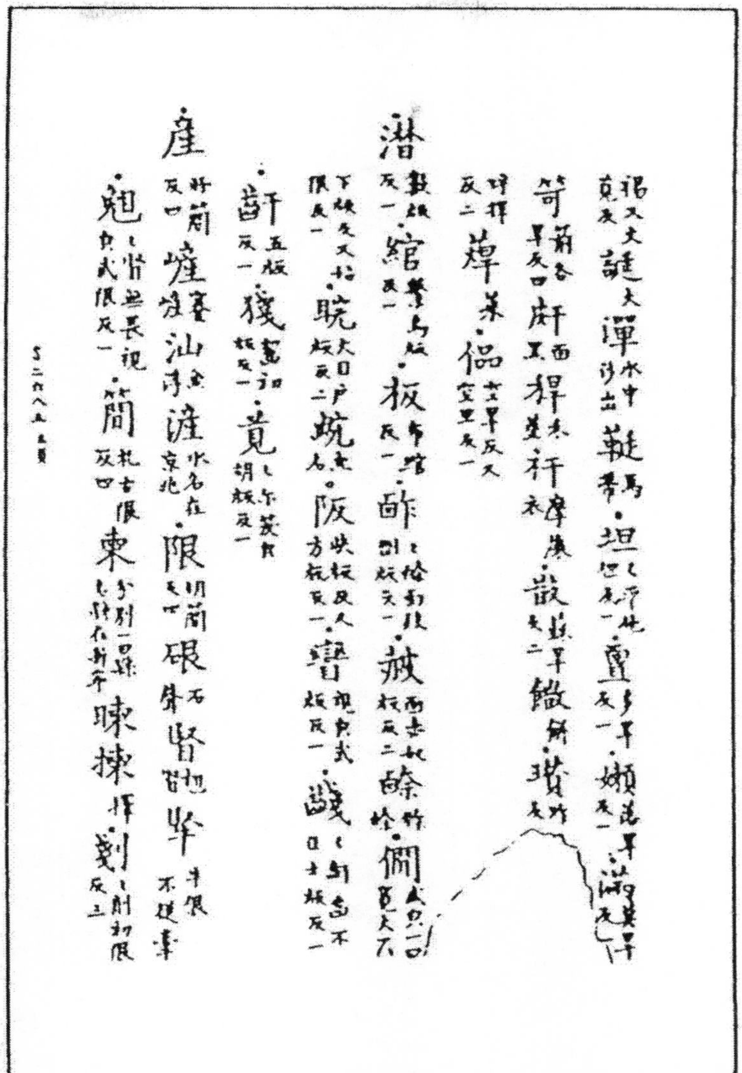

集六朝韻書之大成的陸法言《切韻》，收錄了豐富的早期反切資料。
原卷現存倫敦，編號S 2683

談「雙聲‧疊韻」

什麼是雙聲‧疊韻？

「雙聲」是指聲母相同的現象，如「孩、還、喝、淮」或「退、湯、帖、田」都是雙聲字；「疊韻」是指韻母和聲調相同的現象，如「彎、酸、鑽、歡」或「付、杜、怒、庫」都是疊韻字。由於語音具有流動性，它不會老固定在那兒，所以今日的雙聲、疊韻字，古代不一定雙聲、疊韻；隋唐的雙聲、疊韻詞，先秦也不一定是雙聲、疊韻。同樣的道理，在甲方言是雙聲、疊韻的，到了乙方言也未必是雙聲、疊韻。這是我們談雙聲、疊韻不可不先辨明白的，否則便無法真正了解雙聲疊韻。

在文學上的作用

文學是求美的，古代的歌謠常常運用一些雙聲、疊韻的詞彙，來造成朗誦、吟詠上的音樂美。清李重華《貞一齋詩說》云：「疊韻如兩玉相扣，取其聲鏗鏘，雙聲如貫珠相聯，取其宛轉。」例如中國最早的歌謠總集──《詩經》，正可以看到大批的這類詞彙：「參差」、「蔽芾」、「黽勉」、「蠨蛛」、「悠遠」、「匍匐」、「威夷」、「頃筐」、「厭浥」、「契闊」、「荏染」、「綿蠻」、「輾轉」、「踟躕」、「拮据」、「游衍」、「熠燿」、「邂逅」、「蟬蟬焞焞」、「濟濟蹌蹌」、「顒顒卬卬」、「令聞令望」、「有洸有潰」、「有蕢有苴」、「炰之燔之」、「如蜩如螗」、「顛

之倒之」……這些都是雙聲技巧的運用與變化。「虺隤」、「漂搖」、「崔嵬」、「詭隨」、「泉源」、「綢繆」、「壽考」、「窈窕」、「逍遙」、「錦衾」、「婆娑」、「凌陰」、「猗儺」、「勺藥」、「菡萏」、「樸❖」、「有壬有林」、「宜民宜人」……這些都是疊韻的運用和變化。諸如此類的詞彙都是在人們的語言習慣中不知不覺而自然產生的，不是人為的去分析字音，然後有意造出這樣的詞彙，因為在那個時代還不具備分析字音的知識。

雙聲‧疊韻觀念的興起

क ka [kʌ]	ख kha [kʰʌ]	ग ga [gʌ]	घ gha [gɦʌ]	ङ ṅa [ŋʌ]
च ca [cʌ]	छ cha [cʰʌ]	ज ja [ɟʌ]	झ jha [ɟɦʌ]	ञ ña [ɲʌ]
ट ṭa [ʈʌ]	ठ ṭha [ʈʰʌ]	ड ḍa [ɖʌ]	ढ ḍha [ɖɦʌ]	ण ṇa [ɳʌ]
त ta [tʌ]	थ tha [tʰʌ]	द da [dʌ]	ध dha [dɦʌ]	न na [nʌ]
प pa [pʌ]	फ pha [pʰʌ]	ब ba [ʋʌ]	भ bha [bɦʌ]	म ma [mʌ]
य ya [jʌ]	र ra [rʌ]	ल la [lʌ]	व va [ʋʌ]	
श śa [çʌ]	ष ṣa [ʂʌ]	स sa [sʌ]		
ह ha [ɦʌ]	ळ ḷa [ɭʌ]			

拼音的梵文對漢字音的分析影響很大

從東漢開始，佛教輸入，使學者對拼音的梵文有了認識，也吸收了印度的語音學，人們才有了分析漢字音的觀念，因而有了反切拼音法，到了六朝，也有了「雙聲、疊韻」的名稱，這方面的知識頓時成為風尚。《南史》謝莊傳記載：

王玄謨問謝莊：何謂雙聲、疊韻？答曰：玄護為雙聲，璈碻為疊韻。[1]

當時的文士還喜歡用「雙聲語」，例如梁元帝所撰的《金樓子》，其中捷對篇記載：

羊戎好為雙聲，江夏王設齋使戎舖坐，戎曰：官家（雙聲）前床，可開（雙聲）八尺。王曰：開床小狹。戎復曰：官家（雙聲）恨狹（雙聲），更廣（雙聲）八分（雙聲）。又對文帝曰：金溝（雙聲）清泚（雙聲），銅池（雙聲）搖漾（雙聲），既佳（雙聲）光景（雙聲），當得（雙聲）劇碁（雙聲，碁字屬羣母，羊戎可能讀見母）。

《洛陽伽藍記》也有類似的記載：

隴西李元謙能雙聲語，常經郭文遠宅，問曰：是誰（雙聲）宅第（雙聲）？婢春風曰：郭冠軍家（四字雙聲）。元謙曰：此婢雙聲。春風曰：儜奴（雙聲）慢罵（雙聲）。

由這些故事可以窺知六朝人對雙聲、疊韻的狂熱。

羅列雙聲字以表明語音系統，現存最早的資料要屬原本《玉篇》（梁顧野王撰）中的「切字要法」。在這份資料中列舉了二十八對雙聲字：（茲加註聲紐於下）

---

1 玄、護同屬匣母。璈，《集韻》豪韻牛刀切；碻又作鄗，《左傳》宣十二年，晉師在敖鄗之間。（鄗，苦交反（「交」在肴韻）。

　　因煙（影母）人然（日母）新鮮（心母）餳涎（邪母）

　　迎妍（疑母）零連（來母）清千（清母）賓邊（幫母）

　　經堅（見母）神禪（禪母）秦前（從母）寧年（泥母）

　　寅延（以母）真甄（章母）娉偏（滂母）亭田（定母）

　　陳纏（澄母）平便（並母）擎虔（羣母）輕牽（溪母）

　　稱燀（昌母）丁顛（端母）興掀（曉母）汀天（透母）

　　精箋（精母）民眠（明母）聲羶（書母）刑賢（匣母）

　　把這個聲母系統拿來和後世流行的「三十六字母」比較，缺少了
「知徹澄（吳稚暉認為其中的澄母實為牀母）娘」、「非敷奉微」八
類。這八類（舌上音和輕唇音）正是上古所沒有的聲母，可能切字要
法所依據的是比較早期的語音。[2]

談雙聲疊韻要有歷史觀念

　　精密的歷史觀念是我們研究古音學應有的態度，什麼時代才有什
麼樣的狀況出現，或某語料當時的人們對語音認知的程度，往往都是
一定的，我們不能拿後世才有的某種觀念或學說，任意套在古代語料
上，那一定會脫離實際情況，而無法正確的去詮釋古代語料。「雙
聲、疊韻」的分類，近世學者往往視為研究古音的法寶，動輒曰：此
雙聲也，曰某某疊韻也，以此定「音近通轉」，最容易出毛病的，恐
怕就在歷史觀念上。我們先以形聲字的問題為例來作說明。

　　形聲字和它的聲符必然音同或音近，這是大家都知道的。換句話
說，上古造形聲字的人（蒼頡？）為什麼要選用某聲符來構成這個形

2　根據錢大昕的研究，證明古無輕唇音和舌上音，見《十駕齋養新錄》。吳稚暉之說
　　見方毅：《國音沿革》序（臺北市：臺灣商務印書館，1962年），頁22。

聲字，是因為他聽起來聲音相近。但是「聲音相近」和「雙聲疊韻」
不是一回事，所謂「聲音相近」必須聲母相類似，韻母也相去不遠，
所以即使是沒有語言分析能力的人聽起來也會覺得它們很相近。如果
只有聲母相同（雙聲），韻母迥異的字，或韻母相同（疊韻），聲母迥
異的字，對一個不懂雙聲疊韻的人來說，恐怕很難會認為那是相似的
音。不妨用你自己的發音試試，你會用「端」字去做「低」字的注音
嗎（兩者雙聲）？你會用「低」字做「機」字的注音嗎（兩者疊
韻）？當然不會的。因此，我們處理形聲字和它聲符的關係，用雙
聲、疊韻去分類是不恰當的。你要解釋「悔」為什麼從「每」聲，若
只輕率的說，因為它們疊韻，那麼，你只是拿後世的學說在套上古的
文字，是缺乏歷史觀念的，你還得要從音韻上去尋出它們在上古的聲
母具有什麼關聯。同樣的，「衍」和「愆」、「尚」和「堂」、「羊」和
「祥」都不止是疊韻而已[3]，光是疊韻還不能構成諧聲的條件。「波」
和「皮」、「孤」和「瓜」、「風」（從凡聲）和「凡」，也不止是雙聲而
已[4]，光是雙聲也無法符合諧聲的條件。

　　了解了形聲的道理，我們再看假借現象就容易了，古人由於兩字
音近而假借（通假），不是因為雙聲、疊韻而假借。聲母完全不同，
或韻母完全不同的字，古人聽起來不會覺得音近，不可能用為假借。
漢代流行的「音訓」也一樣，所謂「音訓」，是用同音或音近的字來
訓釋，無論是《釋名》、《說文》、《毛詩》的音訓資料，今天我們一味
的用雙聲、疊韻來歸類，都是不妥當的。比如《毛詩》的音訓，關
雎：「流，求也」、召南騶虞：「葭，蘆也」、鄭風溱洧：「蕑，蘭也」，
如果我們僅以「疊韻」兩字輕易的交代了它們的音韻關係，便忽視了

3　以上這些例子，上古聲母都很近似，到中古才變得不同。

4　以上這些例子，上古韻部都有關聯。「波、皮」屬歌部，「孤瓜」屬魚部，「風、
　　凡」屬侵部。

其中隱藏的一些語音現象（這幾個例應考慮 kl- 複聲母的可能）。

　　此外，處理同源詞（求語根）的問題亦然。所謂「同源詞」是音、義相關的一羣字，它們是從古代的一個詞彙孳乳分化而成的。有的學者以為只要雙聲就可以認定為同語根，像劉賾把《說文》所有的明母字（發 m- 的字）全認為是一個詞彙演化出來的，於是「微」和「猛」成為同源詞，「冥」和「明」也成了同源詞（見林尹《訓詁學概要》，106至110頁引用），這是不合理的。也有些學者以為只要韻部相同，就可以歸之同語根，像劉師培的「古韻同部之字，義多相近說」認為上古「真」、「元」兩部字意義相近，均有「抽引」之義。「親、淪、馴、訕、沅、申……」都是「真、元」部的字，你能找出它們和「抽引」的關聯嗎？劉賾和劉師培的作法都是誤把「雙聲、疊韻」看成是研究古語的萬靈丹了。

　　我們考訂古代人名、地名的異文，也不能單靠雙聲、疊韻為證，譬如要證明「莊周」即「楊朱」，而說「莊、陽」疊韻，「周、朱」雙聲，這樣的證據是薄弱的。王力曾舉了一個例：試把最常用的二、三千字捻成紙團，放在盆裏搞亂了，隨便拈出兩個字來，大約每十次總有五、六次遇著雙聲、疊韻。拿這種偶然的現象去證明歷史上的事實，是多危險的事[5]！

語音分析不能停留在雙聲疊韻的原始水平上

　　雙聲、疊韻是六朝人的語音學，如果認為先秦、兩漢的人也是循這個方式去造形聲字、造音訓、用通假，那就把先後弄倒了。我們今天研究古代語料，應該有更精確的方法，不能老用一千多年前粗糙的

5　見王力：《漢語史論文集》，頁408。

雙聲、疊韻去解釋一切語音現象。古代「音近」的字，是怎樣的音近法？聲母的發音是舌尖還是舌面？韻母的主要元音是偏前還是偏後？舌位高度如何？這才是我們要探究的。古音學是一門語言科學，它是不斷在發展的，我們也應當要不斷的吸取新的經驗、新的理論，才能更有效的去理解古代語料。

中國古代的「字母」和奇妙的「等韻圖」

喜瑪拉雅山的高大，不能阻擋古代山兩邊人們的交流。中國古代「字母」的產生和「等韻圖」的設計，融合了中、印兩大民族的智慧，它是共飲一山水的兩大民族所鎔鑄的結晶。

字母是什麼？

我們聽到「字母」，就自然想到 ABC，其實，中國古代就發明了「字母」，它不是 alphabet，而是一種「聲母的代字」[1]，亦即用某一個字來代表某一類聲母的發音。例如，用「來」字代表〔l-〕音，像「盧、郎、落、魯……」都屬於「來」母；用「幫」字代表〔p-〕音，像「博、北、布、巴……」都屬於「幫」母。

字母的淵源──雙聲觀念

古人如何獲得創造字母的靈感呢？本來古人對分析字音是相當忽視的，因為漢字不像西方走拼音路線[2]。古人只注意到這個字和那個

---

1 聲母（Initial）指一個字音的開頭部分。參考本書〈揭開古音奧秘的利器──語音學〉一文。

2 世界上的書寫系統（Writing system）分為三類：西方的字母文字（Alphabetic

字「音同」、「音近」（形聲的聲符、假借、通假、讀若、直音、聲訓
就是這樣的產物）就夠了，不需要追究一個字的音節（syllable）裏，
還包含幾個音位（phoneme）？到了東漢，佛教輸入，由於譯經的需
要，古人和拼音的梵文有了接觸，和印度的語音學也有了接觸，於
是，很自然的，回頭看看漢字，分析一下漢字音。逐漸懂得把字分析
成前後兩半，發展成了「雙聲」、「疊韻」的觀念[3]。認識了疊韻，因
而把同韻母的字都匯聚一塊，定一個字來代表這一類韻母，這就是
「韻目」，例如「東、冬、鍾、江……」即是；再加上反切、四聲的
知識（也是東漢以後才有的），便形成了「韻書」（第一部韻書是三國
時代魏李登《聲類》）。屬於同韻的字既有「韻目」來表示，唐朝人便
想到同聲母的字不是也可以用一個「聲目」來表示嗎？於是「字母」
便誕生了。

　　所以字母的淵源是雙聲觀念。六朝人對這種新興的雙聲知識十分
狂熱，《金樓子》捷對篇記載說：「羊戎好為雙聲，江夏王設齋使戎鋪
坐。戎曰：官家前床，可開八尺。王曰：開床小狹。戎復曰：官家恨
狹，更廣八分。又對文帝曰：金溝清泚，銅池搖漾，既佳光景，當得
劇綦。」[4]《洛陽伽藍記》也提到：「隴西李元謙能雙聲語，常經郭文
遠宅，問曰：是誰宅第？婢春風曰：郭冠軍家。元謙曰：此婢雙聲。
春風曰：儜奴慢罵。」[5] 由此可見「雙聲」在當時的風行。

---

writing）、日本的音節文字（Syllabic writing）、中國的詞位文字（Morpheme-syllable writing）。

3　聲母相同的叫「雙聲」，韻母相同的叫「疊韻」。有意的列出雙聲、疊韻的字，是六朝才盛行的。漢代或先秦所造的形聲字、以及通假、讀若、聲訓都只注意「音近」而已。音近則聲、韻都不會相去太遠，所以我們研究形聲、通假、讀若、聲訓用雙聲（不論韻母）、疊韻（不論聲母）去分類，很值得商榷。

4　這段話裏，「官家」、「可開」、「恨狹」、「更廣」、「八分」、「金溝」、「清泚」、「搖漾」、「光景」、「當得」、「劇綦」在古音中都是雙聲。

5　「是誰」、「宅第」、「郭冠軍家」、「儜奴」、「慢罵」在古音中都是雙聲。

　　當時最具代表性的雙聲表，是原本玉篇的「切字要法」。共列二十八對雙聲字。依次是：因煙、人然、新鮮、餳涎、迎妍、零連、清千、賓邊、經堅、神禪、秦前、寧年、寅延、真甄、娉偏、亭田、陳纏、平便、擎虔、輕牽、稱燀、丁顛、興掀、汀天、精箋、民眠、聲羶、刑賢。這二十八組雙聲字，正代表了二十八種不同的聲母，很顯然的，它是字母的前身。

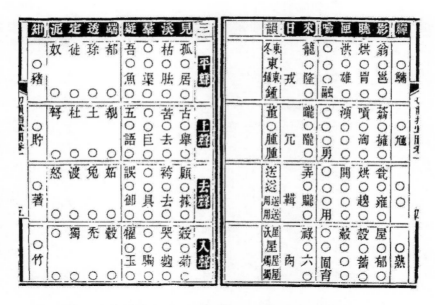

南宋的《切韻指當圖》，頂端的黑底白字就是「字母」

三十六字母的形成

　　一般唸古書的人對三十六字母都不陌生，吟詠「東冬鍾江」之餘，也會唸唸「幫滂並明」。自宋以來，人們都相信三十六字母是亙古相傳的聲母系統。清末，敦煌發現了唐寫本「守溫韻學殘卷」和

「歸三十字母例」，才知道原先只有三十字母。下面把這兩種字母列出，並注明每一類字母所代表的發音部位：

（一）三十字母

唇音	不芳並明	（雙唇音）
舌音	端透定泥是舌頭音	（舌尖塞音和鼻音）
	知徹澄日是舌上音	（舌面音）
牙音	見溪羣來疑等字是也	（舌根音、舌尖邊音）
齒音	精清從是齒頭音	（舌尖塞擦音）
	審穿禪照是正齒音	（舌尖面音）
喉音	心邪曉是喉中音清	（舌尖擦音、舌根擦音）
	匣喻影是喉中音濁	（舌根濁擦音、零聲母、喉塞音）

（二）三十六字母

	全清	次清	全濁	次濁	又次清	又次濁
重唇	幫	滂	並	明		
輕唇	非	敷	奉	微		
舌頭	端	透	定	泥		
舌上	知	徹	澄	娘		
齒頭	精	清	從		心	邪
正齒	照	穿	牀		審	禪
牙音	見	溪	羣	疑		
喉音	影			喻	曉	匣
半舌				來		
半齒				日		

　　和三十字母比較，有幾點不同：

一、唐末的三十字母只有雙唇音（重唇音）「不芳並明」（相當於三
　　十六字母的「幫滂並明」），而沒有唇齒音（輕唇音）「非敷奉
　　微」。因為中古早期，輕唇音尚未形成。

二、三十字母以「日」置於「娘」的位置。三十六字母把「日」提
　　出，成為單獨的一類——半齒音。

三、三十字母以「來」插入牙音中，三十六字母把「來」提出，成
　　為單獨的一類——半舌音。

四、「心邪」不屬於喉音，所以三十六字母把它改到齒頭音中。

五、三十六字母新增入「娘」、「牀」二母。

　　在術語方面，「全清」、「次清」的分別是不送氣和送氣。「全濁」
指濁塞音和濁塞擦音。「次濁」指鼻音、邊音和零聲母。「又次清」和
「又次濁」在區別清擦音和濁擦音[6]。

三十六字母和中古的聲母

　　自從清陳澧《切韻考》制定了反切系聯條例[7]，中古音的聲母系
統終於能夠分析出來。由系聯得知中古早期唐代的聲母和中古晚期宋
代的三十六字母不完全相同：

一、中古早期沒有輕唇音。（從反切上字看，輕重唇音完全不分）

二、「照穿床審禪」在中古音早期是兩套聲母，黃季剛稱之為「照
　　穿神審禪」現代學者稱為「章昌船書禪」[8]和「莊初牀疏」現
　　代學者稱為「莊初崇生侯」[9]。

6　各種發音的性質，可參考本書〈揭開古音奧秘的利器——語音學〉一文。

7　參考本書〈反切的故事〉一文。

8　發音部位屬舌面，如「終、充、吹、時……」等字。

9　發音部位屬舌尖面，如「崇、差、衰、莘……」等字。

三、「喻」母在中古早期是兩個聲母，黃氏稱為「喻母」（現代學
　　者稱為「以母」）[10]和「為母」（現代學者稱為「云母」）[11]。
　　所以中古早期的聲母有三十八個。

幫 p	滂 p´	並 b	明 m	
端 t	透 t´	定 d	泥 n	來 l
知 ṭ	徹 ṭ´	澄 ḍ	娘 ṇ	
精 ts	清 ts´	從 dz	心 s	邪 z
莊 tʃ	初 tʃ´	崇 dʒ	生 ʃ	俟 ʒ
章 tɕ	昌 tɕ´	船 dʑ	書 ɕ	禪 ʑ
見 k	溪 k´	群 g	疑 ŋ	
影 ʔ	曉 x	匣 ɣ	云 ɣj	以 ø

日 nʑ

中古聲母系統反映了李白杜甫時代的發音

等韻圖的奇妙設計

　　有了字母，就可以依反切把各韻的字排列成一張張的語音表，使
人一見表就能知道讀音。

　　等韻圖的產生，是雙聲疊韻知識再進一步發展的成果。因為這時
有了分「等」的觀念，也就是把同一大類的韻母，依發音時張口度的
大小，分成四個「等」。口型最開的叫一等，其次二等，其次三等，
張口最小的韻母叫四等[12]。

　　等韻圖的設計就是橫列字母，縱分四聲（平上去入）和四等，把
字填入縱橫交錯的格子內。例如我們要查「弄」字的古音，韻圖把它

10　「以母」代表零聲母，如「融、庸、逾、飴……」等字。

11　「云母」代表顎化的舌根濁擦音，如「于、韋、筠、袁……」等字。

12　江永《音學辨微》說：「一等洪大、二等次大、三四皆細，而四尤細」正是這個意思。

放在「來」母那一行，可知它屬「來」母字，又見它放在第三大格的「送」韻位置，可知它是去聲字，而且它出現在第三大格的最上一列，可知它是一等字。所以，利用等韻圖去了解古音真是方便極了。

我們還能看到的等韻圖有哪些？

現存最早的五部等韻圖是（1）南宋張麟之刊行的《韻鏡》（2）南宋鄭樵的《七音略》（3）北宋的《四聲等子》（4）南宋的《切韻指掌圖》（偽託司馬光撰）（5）元劉鑑的《切韻指南》。現在都完整的保存下來[13]。

前兩部雖然刊行於南宋，卻各有底本，且淵源久遠，原本的時代更早於北宋，所以稱為「早期韻圖」。全書分為四十三個圖，反映了中古早期的語音系統。後三部稱為「宋元韻圖」，簡化成十六個圖（開、合兩類字仍分開排列），代表了中古後期韻母的變化。

等韻圖可以幫你查出古音

中古韻書的反切系聯，可以使我們知道中古音系的大致類別，等韻圖的高度組織化，更使我們知道此類和彼類在語音上的不同。例如，東韻的韻母系聯得兩類，再參證《韻鏡》，知道一類放在一等（唸作 -uŋ），一類在三等（唸作 -juŋ），所以這兩類在語音上的不同是洪音和細音。因為韻圖的體例，凡一、二等是洪音，三、四等是細音。

韻圖除了幫助我們辨認洪、細之外，也幫助我們判斷開、合。例如微韻系聯得兩類韻母，參證韻鏡，知道一類屬開口，一類屬合口

---

13 想進一步了解這些韻圖，可參閱陳伯元先生《等韻述要》一書。

（開、合不同的字，韻圖一律分見於不同的圖表裏）。

　　韻書通常對聲母是全然不顧的，所以聲母在各韻中完全沒有次序。由反切上字的系聯，所得的類別，再參證具有字母順序的韻圖，那麼，哪一類字屬於哪一種字母，發音是清是濁，都能一目了然了。

　　此外，韻書中反切有時會有錯誤，由等韻圖可以訂正其錯誤。例如《廣韻》「豐，敷空切」，《韻鏡》「豐」字屬三等，而反切下字「空」卻屬一等，「敷空切」拼出來的音就不可能是「豐」，可以斷定是個誤切。又如《廣韻》「齎，相稽切」，《韻鏡》「齎」字見於「精」母位置，反切上字果真是「相」的話，應當見於「心」母處，而不應放在「精」母的位置。所以這也是個誤切。

　　如果你的書架上有一部等韻圖，不妨仔細讀讀它，你會發現原來古音不是那麼難懂的，說不定還會發現無窮的趣味呢！

喜瑪拉雅山兩邊的交流

　　喜瑪拉雅山的高大，不能阻擋古代中、印文化的交流。中國古代字母的產生和等韻圖的設計，正是融合了中、印兩大民族的智慧。印度古代的語言學很發達，稱為「聲明學」，《七音略》和《韻鏡》就是源出印度的「悉曇章」（Siddhirastuu　又譯為「悉地羅窣睹」），唐僧義淨說此書「本有四十九字，共相乘轉，成一十八章」，一個音和另一個音輾轉輪流相拼合，所以「共相乘轉」，因而，早期韻圖的一個圖也就稱為一「轉」。

　　《韻鏡·序》裏一再提到韻圖和印度佛教的淵源：「韻鏡之作，其妙矣夫……釋子之所撰也，有沙門神珙，號知音韻，嘗著切韻圖……」《七音略·序》也說：「七音之韻，起自西域，流入諸夏，梵僧欲以其教傳天下，故為此書。……華僧從而定之。」宋元韻圖之祖

的《四聲等子》本來是附在遼僧行均的《龍龕手鑑》後面，也和僧人有關。

至於三十字母，根據呂介孺的《同文鐸》一書說，創自唐僧舍利，而增為三十六字母，則始自唐僧守溫。解釋佛教音義的《一切經音義》，列有「字音」十四字，「比聲」二十五字，「超聲」八字，是依據印度語音而分的，陳澧曾用來和三十六字母作比較，可知它對中國「字母」的產生有很大的影響。由此可以看出來，中古時代的語音學總和佛教、梵文脫不了關係。

我們閱讀等韻圖的時候，緬懷千餘年前，先賢們在文化交流上所作的奮鬥與貢獻，不禁油然生起崇敬之情！

	舌音齒	喉音			齒音			牙音			舌音			唇音		內轉第一開
	清濁	清濁	清	清	濁	次清 清	清	清濁	次清	清	清濁	次清	清	清濁	次清	清
東	○籠	○洪烘翁		○叢嵷忽	○毀	岘空公		○同	通東		蒙	蓬	○風			
	○戎隆	○彤雄		○崇充		○終	朞窮穹弓		蟲仲中		豐	○				
	○融			○嵩				○								
董	○職	○懵噴		○敵		○總		孔		曩動捅董	夢捅	琫				
	○			○		○				○					
	○	○		○		○				○	○				
送	○弄	○闃烘甕		○送瞶懱鞚 割		○銃眾趨	控貢	齈洞痛凍 仲中	夢甕 幌鳳貤颿							
		○趣		○		○燙										
屋	○祿	毃燭屋		○速蔟鷟 縮		○瑔 躔	哭嗀	攇禿穀	木暴扑卜							
	肉六	園 育		○畜都 塾叔	似弼簔 甫越	砫鯯麯菊	腹逐蓄竹	目伏蝮 福								

	舌音齒	音喉			音齒			音牙			音舌			唇音		內轉第二開合
	清濁	清濁	清	清	濁	次清 清	清	清濁	次清	清	清濁	次清	清	清濁	次清	清
冬	○礱	○硿		鬆賨騘宗		攻	宗彤烽冬			逢峯封						
鍾	茸龍	容庸	匈嶅	顒舂淞縱樅檝攦	衝鍾	顒蚣鋒恭	釀重備									
				松瀜 從擨												
腫	宂隴	○擁		摐○	雝腫俀綜	摔恐拱	重寵冡	○奉捧 俸								
	甬			悚惊												
宋	○	○碻		○宋○			統潼	雰								
用	用	龏驪		○種縱		共恐供	拔重陳	○俸捧 毰								
				頌○從												
沃	○瀎	○鵠爊沃		○鳰偵 嘧愫	擢酷梏	褥毒	篤	瑂僕醾樸								
燭	辱錄	欲旭郁		蜀矙醂燭 繳粟○促足	玉局曲華	䲧悚瘃	媿慛	鞼								

《韻鏡》的第一轉和第二轉

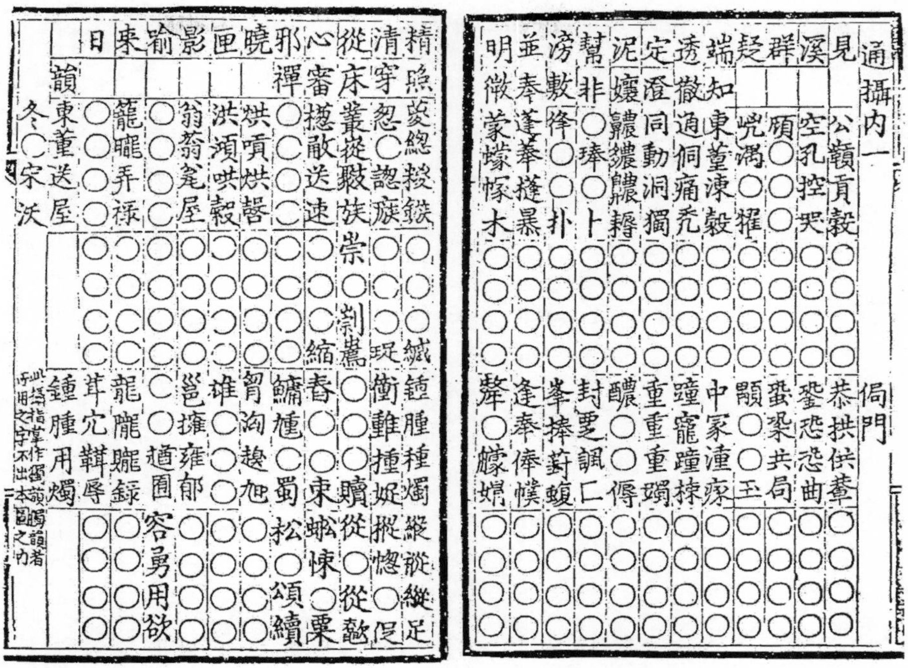

《切韻指南》把早期韻圖的兩轉併成了一圖

如果韓愈和孔子對話
——談先秦上古音和唐宋中古音

　　美國人拍歷史影片一向最嚴謹，不但情節、服裝、道具要合乎史實，就連其中主要人物的言辭、神情、個性、一顰一笑、甚至鬍子翹的角度都不能以意為之。以英國十六世紀的亨利第八為題材的影片，多得不勝枚舉，但是每部影片裡的亨利第八，他的穿著、他的那頂帽子、他的鬍子、他的眼神、他臃腫的身材，完全沒有兩樣。反觀我們自己的古裝片，我們只知道那是「古裝」（其實都是戲裝），除了清朝還有些不同外，你能看出哪個是漢裝？哪個是唐裝？哪個是宋裝嗎？在美國片裡，摩西有摩西的古裝、凱撒有凱撒的古裝、三劍客有三劍客的古裝、羅賓漢有羅賓漢的古裝、拿破崙有拿破崙的古裝，如果讓中國製片人來拍，恐怕這些人都得穿上相同的「古裝」。

　　然而，美國影片儘管對史實是這樣的絲毫不苟，有一件事是無法做到逼真肖似的，那就是語言。在影片裡，你不能讓摩西說希伯來話，也不能讓凱撒說拉丁語，他們都得說現代英語。

　　如果你拍一部孔子的影片，拍一部韓愈傳，都得讓他們說一樣的話——國語。這一點，你也許不會覺得有什麼特別的。那麼，有一天如果這位原道尊儒的昌黎先生有幸晉見了孔子，他們有共同的儒學理想，應該可以促膝長談，痛快的聊一聊。問題是，他們果真可以痛快的聊嗎？答案是否定的，因為他們不能像拍電影一樣都會說國語。中國的製片人一定會很放心的說：「他們穿的都是古裝，他們說的當然都是古音囉！大不了一個帶山東腔，一個帶河南腔罷。」

　　話是沒錯，他們說的是古音。但是，他們說的古音不等於拍片人心目中的「古裝」，中國歷史太悠久，韓愈的語言對我們來說，是一千多年前的古語；同樣，孔子的語言對輸愈來說，也是一千多年前的古語。一千多年的語音變化多麼巨大，也許從古今一致的漢字中看不出來，我們倒可以借用拼音文字的英語來了解。英國的亞佛烈王（King Alfred, 849-899 AD）有一首上古英文（Old English）的祈禱文，請看它的頭一句和現代英文的對照[1]：

Faether ure, thu the eart on heofenum（上古英文）
Father our, othou that art in heavens（現代英文）

　　從上下兩句的直譯可以看出語音、語法都有很大的變化。
　　中國的古音學是從事文化研究的人必須具備的一門基礎知識。漢字雖然不像英文可以從字形上見出歷代音讀的變遷，還是可以借助許多科學方法和語史資料探察出來[2]。古音學者通常把中國的古音分作三個階段：

（1）上古音　周秦兩漢
（2）中古音　魏晉六朝隋唐兩宋
（3）近代音　元明清

　　分期只是為研究上的便利，實際上，語音是漸變的，不是突變的，並不是說這一期和下一期的交接點上才發生了突然的變化。每一期的前段和後段也會有語音上的不同，因為變化是漸進的、累積的。

1　見 *Encyclopedia of English*.成文書局，頁421。
2　參考本書〈古音的化石〉一文。

分期的依據主要還是視材料而定的。上古音的研究主要依據了古韻語、形聲字、異文假借;中古音主要材料有韻書、韻圖、佛經和梵語的對音;近代音的音韻記錄,自元周德清中原音韻之後,更是豐富得多。

因此,我們知道,如果韓愈和孔子對話,他們的語言有中古音和上古音的差異。為了更具體一點表明他們語言的差異,下面把《論語》的第一句話,用孔子時代的音和韓愈時代的音分別注出[3]。

學而時習之,不亦說乎?

gok neg dʼəg djap təg, pjuet rjak rjuat gag?(孔子的唸法)

rɔk nzi zi zjep tɐi, pjuət jɛk juæt ruo?(韓愈的唸法)

由此看來,如果韓愈和孔子對話,雙方一定都會感到十分困窘,最後一定只有相對枯坐,默默無語了。

我們再進一步談談中古音和上古音的不同。

首先說聲母方面。上古聲母最大的特色就是具有許多複聲母[4],單聲母的數量很少,只有二十個左右[5]。到了中古,複聲母完全簡化成了單聲母,使單聲母的數量增加到四十一個[6]。上古沒有濁擦音[7],濁塞音有送氣、不送氣的對立[8]。流音有 l 和 r 的對立。到了中古產生了濁擦音,濁塞音只剩下送氣的一套,r 音也消失了。

3　音標可參考董同龢《漢語音韻學》附錄〈語音略說〉,或其他語音學專著。

4　參考本書〈有趣的複音母〉一文。

5　如果依黃侃的說法是十九個,依陳伯元先生的系統是二十二個。

6　這裡依黃侃的四十一紐說。現代學者為三十八個中古聲母。

7　李方桂曾提出這樣的理論。

8　d 的送氣音演變為中古「定澄神禪」四母,d 的不送氣音演為中古邪母;g 的送氣音演為中古羣母,不送氣音演為中古「匣、為」兩母。

其次看看韻母方面。上古有三十二個韻部[9]，中古有十六個韻攝。在介音上，上古有一個中古所無的 r 介音存在二等韻裡[10]。在主要元音上，上古音反而要比中古音簡單，李方桂認為只有四類主要元音[11]，而中古音的主要元音在十種以上。在韻尾方面，上古音比中古音複雜得多，除了一系列濁塞音韻尾 -b -d -g 外[12]，還有 -r 韻尾，李方桂的系統中還有一套圓唇舌根音韻尾也是中古所無的。

最後，再看看聲調方面。中古有四個調：平上去入，這是大家都熟悉的。上古音如何呢？段玉裁認為上古音沒有去聲，去聲到魏晉才產生。在更早的階段，連上聲也沒有，上聲到《詩經》時代才完備。所以聲調原本只有平、入兩類，上聲由平聲變出，去聲由入聲分出[13]。黃侃後來發表「詩音上作平證」，更斷定古無上去二聲。後來王力在《漢語史稿》中把先秦的聲調分為舒、促兩大類，因為從《詩經》和形聲字來看，平上常相通，去入常相通。

不過，也有許多學者認為上古仍然是四聲，不是兩聲。因為從統計上看，四聲分用，同調押韻的現象仍佔多數。至於那些平上通押、去入通押的情況，是因為韻語對聲調的要求並不如對韻母那樣嚴[14]。

能調和上述兩種看法的，是陳伯元先生，他認為在古人實際語言中，確有四種不同的區別，又因其觀念上惟辨舒促，故平聲每與上聲押韻（都是舒聲），去聲每與入聲押韻（都是促聲）。

9　見陳伯元先生《古音學發微》。

10　見李方桂：〈上古音研究〉，《清華學報》新九卷一、二期。

11　見同上。

12　其中的 -b 韻尾存在比較早的階段。也有學者不贊成上古有濁塞音韻尾，例如王力、陳伯元先生。

13　見段玉裁：《六書音韻表》。

14　見董同龢：《漢語音韻學》，頁313。

　　關於上古聲調，還有一個較新的看法，認為上聲在上古音裡，是
羣喉塞音韻尾的字，這種遺跡還可以在今天的溫州方言裡見到。去聲
在上古音裡，是羣 -s 韻尾的字，後來轉成了 -h 韻尾。在越南語、西
藏語裡，聲調的形成往往受輔音韻尾的影響，所以，在同語族的漢語
裡也具有類似的變化是很有可能的（越南語的系屬目前尚無定論）。

　　下面我們把孔子時代（上古音）和韓愈時代（中古音）的詩各選
一首，比較一下韻腳的發音。

　　　　言告師氏，言告言歸〔kjuəd〕
　　　　薄汙我私，薄澣我衣〔ʔjəd〕
　　　　　　──《詩經‧周南‧葛覃三章》

　　　　落葉不更息，斷蓬無復歸〔kjuəi〕
　　　　飄颻終自異，邂逅暫相依
　　　　悄悄深夜語，悠悠寒月輝
　　　　誰云少年別？流淚各霑衣〔ʔjəi〕
　　　　　　──韓愈〈落葉一首送陳羽〉

　　這兩首詩時隔千餘年，都用到了「歸、衣」兩字作韻腳，由注音
中可以發現它們的韻尾變了。

　　其實，中古音本身還可以再分為前後兩期的。因為中古音時期長
達一千年（由魏晉到南宋末），通常可以把兩宋稱為「中古後期」，視
作一個單位來處理，因為宋代的語史資料相當豐富，所反映的語音和
六朝隋唐很不一樣。我們可以假設有一天宋朝大儒朱熹會見了韓愈，
討論儒學問題，那麼，他們總可以自由交談了吧？還是不行。下面且
說說朱熹時代和韓愈時代語音到底有什麼不同。

　　先說聲母方面，韓愈會把「分、芳、無」等字唸成ㄅㄆㄇ的音，正如今天的閩南語一樣。可是朱子唸起來就比較接近現代國語[15]。又如「疏、爭、稍」和「書、征、燒」上下兩組字在韓愈口中聲母唸得不同，朱子卻沒有區別[16]。再如「于、越、尤」和「逾、悅、由」上下兩組字在韓愈口中聲母唸得不同，朱子也變得沒有區別了[17]。

　　韻母方面，朱子時代要比韓愈時代簡化了很多。由韻書看，從《唐韻》（二〇六韻）變成了平水韻（一〇六韻），許多韻都被合併了。由韻圖看，從《韻鏡》的四十三個單位（四十三轉）變成了《四聲等子》的十六個單位（十六攝）。朱子時代舌尖元音也產生了。舉例說，「雙」（江韻）和「霜」（陽韻）、「公」（東韻）跟「攻」（冬韻）在韓愈口裡是有區別的，朱子卻唸成了同音字。「茲、子、思」和「其、里、醫」的韻母在韓愈口裡是一樣的，朱子反而變得不同了[18]。

　　聲調方面，朱子時代的入聲 -p -t -k 三類收尾的字都沒有區別了，它們都變成了喉塞音韻尾。宋代的許多語史資料都反映了這個現象。但是在韓愈時代，三種入聲的分別是很明顯的。

　　例如宋代黃庭堅的詩：

　　　李侯畫骨不畫肉，筆下馬生如破竹。
　　　秦駒雖入天仗圖，猶恐真龍在空谷。

---

15 根據許詩英先生的研究，朱子口中有「富、福、負、服……」等少數仍讀重唇音。可是有更多的例證顯示「非、敷、奉」三母已變讀成一類 f- 了，和現代國語相同。見《許世瑛先生論文集》第一冊。
16 「疏爭稍」是照系二等字，聲母原本唸舌尖面音；《書征燒》是照系三等字，聲母原本唸舌面前音。
17 「于越尤」是喻母三等字，原本唸顎化的舌根濁擦音，「逾、悅、由」是喻母四等字，原本屬零聲母的字。
18 「茲子思」朱子唸成舌尖元音，和今天的國語一樣，「其里醫」朱子唸 i 元音。

　　精神權奇汗溝赤，有頭赤烏能逐日。

　　安得身為漢都護？三十六城看歷歷！

　　韻腳「日（-t）、歷（-k）」如果就韻書看，它們的韻尾不同，但是宋人把它們放在一起押韻，可見宋代的實際語言已經沒有分別了。我們看唐代李白的詩：

　　桃花開東園，含笑誇白日。

　　偶蒙東風榮，生此豔陽質。

　　豈無佳人色？但恐花不實。……（下略）

　　這首詩的「日-t」字和同樣是-t韻尾的「質、實……」等字押韻。

　　早期的音韻學者對中古後期的語音不很注意，這些年來，這方面研究的人比較多了[19]，情況也比較明朗了，我們學習聲韻不應該再籠統的把上下一千年的「中古音」看成是一個單一的系統。至少應該分清楚，中古音的哪些現象是早期的，哪些現象是晚期的[20]。因為精密的歷史觀念是我們學習中國音韻很重要的一個基本態度。古裝劇裡盡可以穿的都是相同的「古裝」，而孔子、韓愈、朱熹他們說的絕不會是相同的「古音」啊！

---

19 例如周祖謨〈宋代汴洛語音考〉《問學集》、許詩英先生有關朱熹語音的一系列論文《許先生論文集》第一冊、筆者所撰〈四聲等子音系蠡測〉（《師大國研所集刊》十七號）《古今韻會舉要的語音系統》（臺灣學生書局）、《九經直言韻母研究》（文史哲出版社）。

20 例如聲母來說，輕唇音就不能和「云、以」兩母、章系、莊系字放在同一個系統裡，它們不在同一時代並存。輕唇音產生時，「云、以」已經沒有分別，章、莊兩類字也已合併。

國語的性質和來源

　　國語是所有中國人用來溝通的語言，它是由北方官話發展出來的一種全民的語言，所以它不屬於哪個地區所專有。北平土話只是北平一地的方言，不是國語。所以，我們聽北平人說話，很容易發現他的用辭、腔調，和一般通行的並不相同。至於民國初年，南北學者在會議桌上折衷妥協所制定的音讀，由於不合實際，不易推行，早就不是今天的國語了。國語是中國人共同熔鑄出來的，無論在語音、辭彙、語法上，國語或多或少的帶有各地方的特色。所以它是超乎方言之上的共同語，我們學習國語不是在學別個地區的口音，南方人有南方的方言，北方人有北方的方言，大家除了說自己的方言之外，還要能說共同的語言——國語。正因為它有這樣的特性，所以也有人把它叫做「普通話」，在海外則稱之為「華語」，意義都是一樣的。實際上，它就是全民語、民族共同語。它是基於溝通的需要而自然產生的。每個時代都會有這樣的需要，古代的共同語就是「雅言」。孔子在家中說山東話，當他走出家門，面對來自各地的三千弟子時，他就需要說「雅言」。

國語不斷在發展

　　為什麼中國人選擇了這樣一個系統做為自己的國語呢？理由固然

很多[1]，但最主要的是因為它的語音系統最簡單，南方人、北方人都很容易學會它。雖然，國語和北方語音比較接近，北方人在學習上會比較輕鬆一點。但是，國語的語音成分大部分對南方人也不陌生，只有少數幾個音，像ㄈ、ㄓ聲母對閩南人，ㄓ、ㄗ、ㄐ三系對廣東人，比較不習慣而已。

怎麼說國語的語音系統最簡單呢？例如韻母方面，國語只有三十多種，客家話、福州話都有五十多種，廣東話更高達七十多種。聲調方面國語只有四種，閩南話有七種，廣東話達九種[2]。由此可以看出國語在學習上的確是容易多了。

國語是一個活生生的語言，它不斷隨著社會的演進在變遷，而且這種變遷是十分自然的、無可抗拒的，因為這是社會大眾的力量造成的，不是一、兩個人決定的。有時，它吸收了各地方言的成分和俚語、俗語，有時，它從文化交流中獲取了新養分。無論是語音、語詞、語法各方面都隨著大眾的習慣得到不斷的充實和成長，使得國語更為蓬勃茁壯，充滿活潑與旺盛的生機。

事實上，國語不斷的吸收方言成分，或許，會有少數保守之士，一時不能適應國語的這種變遷，而憂心忡忡的說，國語遭到了「污染」，大聲疾呼保護國語的「純正」。然而，我們是否也應了解，國語正和中國文化一樣，是具有廣大包容力的生命體，它不該是個僵硬的木乃伊。語言本身就有一種自然平衡的力量，某些過分特殊的語言成分，自然不會廣為大眾接受，往往流傳一陣子就被淘汰了。對語言的變化憂心忡忡是沒有必要的。

1　其他原因如北方長期以來一直是中國建都的地方，成為政治的中心；明清以來的白
　　話文學多半用北方話寫成；北方官話的使用人口最多等等。
2　參考董同龢《漢語音韻學》現代方音一章。

語言沒有絕對的是非

國語既然是一種在發展中的活語言，我們就不能一味的執著於舊有的「標準」，而否定新起的音讀或詞彙。一部好的語文字典應該每隔二、三十年就要做一次徹底的修訂，才能發揮字典社會性、實用性的功能。如果過分熱心糾正某一種社會習慣的「錯誤」，結果帶來的不是建設，反而是語文的混亂。有人說「熊貓」既屬熊類，應該改稱「貓熊」，那麼，有一天也會有人發現「天牛」和「蝸牛」原來不屬牛類，「海馬」也不屬於馬類，這些是否都要一一糾正呢？結果恐怕要引起語言的大混亂了。這是詞彙的問題。至於字音方面，有人主張「西門町」要唸「西門ㄊㄧㄥˇ」，「褪色」要唸「ㄊㄨㄣˋ色」，因為字典正是這樣注的。因此大家都應該改口，回到那個沒有變化以前的唸法。我們應該了解：語言只有運用的習慣，而沒有絕對的是非，既變之後，要再「復古」，既沒有必要，也是不可能的。清朝有個顧炎武，他就犯了這樣的錯誤。他是第一位把上古韻部歸納出來的學者，當他完成這項工作的時候，興奮的說：「天之未喪斯文，必有聖人復起，舉今日之音而還之淳古者。」他正想擔負起這個「聖人」的工作，要大家都改口，回到那個沒有變化的唸法，結果他失敗了。

如果，社會習慣和字典不同的時候，誰是標準呢？我們應該依照字典的「標準」而改口呢？還是字典應依羣眾的「標準」而修訂呢？你可曾想過，字典的「標準」從哪來的？不就是從早期羣眾的口記錄下來的嗎？「弗」以前唸「不」，為什麼字典注ㄈㄨˊ？因為大家都唸ㄈㄨˊ；「文」以前唸「門」，為什麼字典注ㄨㄣˊ，因為大家都唸ㄨㄣˊ；「公、弓」以前不同音，為什麼字典都注ㄍㄨㄥ？因為大家都唸ㄍㄨㄥ。有時候，大家都「有邊讀邊」，字典也不能不承認，而把這個「積非成是」的唸法也給收進去。像「恢」字不注ㄅㄨㄟ，

而注ㄏㄨㄟ[3]；「溪」字不注ㄑㄧ，而注ㄒㄧ[4]，不就是有邊讀邊的嗎？那麼，誰才是「標準」，不是很明白了嗎？

從中古音到國語的聲母變化

　　國語不是憑空創造的，它和任何方言一樣，也是由古代漢語逐漸發展出來的，我們就來為國語做一番尋根的工作吧。由中古音（六朝隋唐）到國語，到底發生了哪些音韻的變遷呢？我們可以分聲、韻、調三方面談談。先談聲母形成的幾個規律。

　　國語聲母的形成，牽涉到五種重要的音變方式：

一　濁音清化是人類語言演化的共性

　　中古的聲母有好幾個濁音（聲帶振動的音），就像現在的上海話一樣。可是到了國語，這個濁的特性消失了，變成了聲帶不振動的清音。它的轉化規律是：凡平聲字變成送氣的清音，例如「平、田、池、才、崇、船、奇」等字發聲的氣流要強些；凡仄聲字變成不送氣的清音，例如「伴、大、柱、淨、助、是、巨」等字發聲的氣流要弱些。這些字原本都是濁音。

　　由於濁音清化的結果，國語只保留了唯一的濁擦音——注音符號注ㄖ的字，其他的濁塞音、濁塞擦音都不存在了。

　　濁音清化是人類語言的普遍現象，例如印歐語言的「格林語音律」有一條是：原始印歐語的 b d g 轉變成早期日耳曼語的 p t k。另一條是：原始印歐語的 bh dh gh 轉變成早期希臘語的 ph th kh。這就是西方人的濁音清化。

3　恢字廣韻苦回切。
4　溪字廣韻若奚切。

　　語言學家發現，有濁音 b d g 的語言，一定也有清音 p t k，但是有 p t k 的語言未必也有 b d g，這代表了什麼意義呢？正由於濁音清化的緣故！

二　雙唇音變成了唇齒音

　　從中古到國語，聲母的第二項重要變化，就是「輕唇化」。隋唐時代有一類叫做三等合口的字，本來唸作重唇音（雙唇音）的，到了宋代，普遍成了輕唇音（唇齒音）。後來又由塞擦音變成了同部位的擦音。這種過程可以藉下列符號表示：p-→pf-→f-。

　　促成輕唇化的條件是什麼呢？是 ju 介音，古人稱之「合口細音」。可是演變完成後，這個 ju 介音卻功成身退，在發音中消失了。例如「分」，隋唐音〔pjuən〕，國語〔fən〕，正是聲母輕唇化、ju 介音消失的結果。

　　國語的輕唇音 f- 是由早期的三類聲母合併而成的。例如「非匪沸」（非母）、「妃斐費」（敷母）、「肥痱吠」（奉母）國語都念 f- 聲母，在中古音裡卻是三組不同的聲母。

　　在西方語言中也有類似的變化，例如英語的 foot fish father，頭一個字母原本都是 p。

中古到國語的聲母變化表

	全清	次清	全濁	次濁	清擦音	濁擦音
重唇	幫／ㄅ	滂／ㄆ	並／平ㄆ，仄ㄅ	明／ㄇ		
輕唇	非／ㄈ	敷／ㄈ	奉／ㄈ	微／零聲母		
舌頭	端／ㄉ	透／ㄊ	定／平ㄊ，仄ㄉ	泥／ㄋ，來／ㄌ		

	全清	次清	全濁	次濁	清擦音	濁擦音
舌上	知／ㄓ	徹／ㄔ	澄／平ㄔ，仄ㄓ	娘 'ㄋ		
齒頭（洪）	精／ㄗ	清／ㄘ	從／平ㄘ，仄ㄗ		心／ㄙ	邪／ㄙ
齒頭（細）	精／ㄐ	清／ㄑ	從／平ㄑ，仄ㄐ		心／ㄒ	邪／ㄒ
正齒（章系）	章／ㄓ	昌／ㄔ	船／平ㄔ，ㄕ，仄ㄕ	日／ㄖ，零聲母	書／ㄕ	禪／平ㄔ，ㄕ，仄ㄕ
正齒（莊系）	莊／ㄓ	初／ㄔ	崇／平ㄔ，仄ㄓ		生／ㄕ	俟／ㄙ
牙音（洪）	見／ㄍ	溪／ㄎ	群／平ㄎ，仄ㄍ	疑／零聲母	曉／ㄏ	匣／ㄏ
牙音（細）	見／ㄐ	溪／ㄑ	群／平ㄑ，仄ㄐ	疑／零聲母	曉／ㄒ	匣／ㄒ
喉音	影／零聲母			云，以／零聲母		

　　表中的注音符號是國語的唸法。其他都是中古音成分。例如表中的「見／K」表示中古的「見母」，演化為國語的「K-」聲母。

三　國語捲舌音的形成

　　國語有一羣捲舌音聲母：ㄓㄔㄕㄖ。這類輔音在其他語言裡比較少見，現代方言也不普遍。一些保存古音較多的方言都沒有捲舌音，加上這種輔音的性質不適宜配細音（後面不接 ｉ ｙ），因此，古代應該沒有這樣的輔音，它是近代才出現的。那麼，捲舌音是如何產生的呢？原來它是由中古的「舌上音」知、徹、澄和「正齒音」照、穿、

牀、審、禪各類聲母，以及「半齒音」日母字轉化而成的。因為它不適合配細音，所以原有的 i 介音往往被排擠而失落了。例如中古音〔儒-juo〕、〔深-jem〕、〔車-ja〕、〔逐-juk〕，到了國語，中間的 j 都聽不到了。

四　舌面前聲母（顎化）的形成

國語有一套顎化聲母：ㄐㄑㄒ，這是由早期的ㄗㄘㄙ和ㄍㄎㄏ受到介音ㄧ、ㄩ的影響而成的。因為ㄗㄘㄙ是舌尖音，ㄍㄎㄏ是舌根音，後面緊跟著一個舌面音ㄧ或ㄩ，在發音上比較費力一點，於是它們全變成了舌面音的ㄐㄑㄒ，和ㄧㄩ配合起來，發音器官就輕鬆多了。因此，在國語裡我們看不到ㄗㄘㄙ和ㄍㄎㄏ後面接個ㄧ或ㄩ的字，同時，ㄐㄑㄒ的字卻只和ㄧ或ㄩ音相配，不和別的音相鄰接。例如「雞、將、居、軍……」都是這種情形。

五　越來越多的零聲母

國語唸「衣、右、沿、央、吾、為、文、玉、月……」等字都沒有聲母，這些字就叫做「零聲母」。古代的零聲母的字沒有這麼多，它是在語史的發展過程中，由於音素逐漸失落而不斷增加的。

國語的零聲母淵源於六個不同的中古聲母：

（1）　喻三（為母）——于羽雲永遠……等字古代原是舌根濁擦音聲母。

（2）　喻四（喻母）——余以羊悅予……等字古代也是零聲母。

（3）　微母——無亡武文忘……等字古代原是唇齒鼻音聲母。

（4）　影母——於衣烏安愛……等字古代原是喉塞音聲母。

（5）　疑母——魚宜玉吾研……等字古代原是舌根鼻音聲母。

（6）　日母——而兒耳爾二……等字古代原是鼻塞擦音聲母。

　　當然，這些古代聲母不是一下子就變成零聲母的，大致可以分成三個階段，第（1）（2）兩類字首先合併，時間在第十世紀。（4）（5）兩類在宋代（十至十三世紀）也轉成了零聲母，這是第二個階段。至於（3）（6）兩類恐怕要遲到十七世紀以後才變成零聲母的，這是第三個階段[5]。

國語各類韻母的形成

　　韻母通常按韻尾的狀況分類，可以分作：有鼻音收尾的「陽聲韻」，元音收尾的「陰聲韻」，塞音收尾的「入聲韻」。如果按介音的狀況分類，可以分作：帶有 u（或 y）開頭的叫「合口」，否則叫「開口」；帶有 i（或 y）開頭的叫「細音」，否則叫「洪音」。我們可以從這樣的觀點來看看國語各類韻母的形成。

一　韻尾的變化

　　從中古到國語，韻尾方面發生了什麼變化呢？陰聲韻的 -i、-u 韻尾大致保存原樣。陽聲韻原有舌根 -ng、舌尖 -n、雙唇 -m 三類鼻音韻尾，國語的 -m 消失，都轉成了 -n。例如「錦、檢、敢、范……」等字。原都有個閉口音的收尾（和今天的閩南語一樣）。所以國語的陽聲韻只有舌根、舌尖兩類。

　　入聲字的變化最大，它的 -p -t -k 三種塞音韻尾，起初變成微弱的喉塞音韻尾（和今天的吳語一樣），後來就完全消失了，變得和陰聲字沒有分別。

5　參考拙著：〈近代漢語零聲母的形成〉，〔韓國首爾〕《中語中文學》第四輯（1982年），頁125-133。又收入《近代音論集》（臺北市：臺灣學生書局，1994年）。

二　介音的變化

　　韻母的類型如果依介音劃分的話,可以分作開、合和洪、細(見前)。從中古到國語,有些字由開口音變成了合口音,例如「我多駝左羅……」、「託諾泊莫作錯索洛……」這些字原本沒有 u 的成分,國語卻都唸成了帶 u 的音。此外,「覺嶽學……」國語唸 y 音,也是合口的一種,在《切韻指南》裡,這幾個字被歸入「開口」。有些字由開變合的時代很早,像「豬除居魚書徐虛余如……」等字在《韻鏡》裡注明是開口,到了《切韻指南》就和合口的「虞、模」韻合併成一個「遇攝」了。[6]

　　那麼,反過來說,原本合口的字,到了國語會不會變成開口呢?換句話說,國語不唸 u 的字,是否可能從帶 u 的字發展來的呢?最顯著的例子就是國語唸唇音聲母的字(ㄅㄆㄇㄈ),本來有許多唸合口的,國語卻轉成了開口[7],像「杯枚佩妹賣派奔盆門本班盤半慢……」等字,原本都是有個 u 介音。至於 f 聲母的字,中古全是合口,國語除了「夫扶府付佛……」等字外,全部都變成了開口音。

　　除了唇音外,還有部分 l　n 聲母的字,如「雷類內壘戀……」也由合口變成了開口。

　　中古洪音到國語變成細音的,可以歸納出一條比較嚴格的規律:凡是中古開口二等舌根(牙喉音)字,國語在主要元音和聲母中間增添了一個 i 音位。例如:「江巷皆佳間眼姦顏交孝嘉亞夾甲……」等字古代都不帶 i 介音,今天的閩南語仍舊沒有 i 介音,和古音一樣。

　　反過來看,中古細音到了國語變成洪音的,大多是些捲舌聲母的字。大部分捲舌字是由中古的三等韻演化成的,而三等韻原本都有個

6　開口字轉變為台口多半是類化作用的影響。

7　唇音字失落 u 介音是異化作用的一種方式。

ｊ介音，但是捲舌音和ｊ介音的發音性質不能相容，於是，這個ｊ介音後來都被排擠而失落了[8]。例如「鍾支書真展超車昌成周深詹……」等字皆是。

細音變洪音還有一些例子是中古複合介音 iu 的簡化，由 iu 變成 u，失落了 i 成分。例如「風封規為毀膚武倫……」等字皆是。

三　主要元音的變化

國語的主要元音最重要的一項變化，就是舌尖元音和ㄜ元音的產生。

和捲舌音以及ㄗㄘㄙ配合的韻母都屬舌尖元音，注音符號通常省略不寫。例如「知吃師日、資此司」都具有舌尖元音的韻母。零聲母的「兒耳二」等字也屬舌尖元音。它們在中古音裡大多由 i 韻母發展形成的。

ㄜ元音的發音性質是舌面後展唇中度元音，它是從中古許多不同類型的韻母發展出來的，例如「歌可賀」是源自中古的果假攝一等韻，「遮車蛇」源自果假攝三等韻，「葛閣盍」源自咸山攝一等韻入聲，「哲舌熱」源自咸山攝三等韻入聲，「各涸惡」源自宕江攝一等韻入聲，「刻德則」源自曾梗攝一等韻入聲，「格客赫」源自曾梗攝二等韻入聲。以上都是開口韻，合口韻只有少數的ㄜ韻母的字，如「戈科和」等，這是受開口的ㄜ韻字類化形成的。

國語的聲調

國語有四聲，中古也有平上去入聲，它們的內涵並不相同。其間的變化往往由聲母決定的。變化的規則可以分四類：

8　這也是一種異化作用，參考本書〈善變的嘴巴〉一文。

一　平聲分陰平陽平（濁變陽平）

國語的第一聲（陰平）、第二聲（陽平）在中古音裡是相同的調類，所以唐代崔顥的七言律詩黃鶴樓可以用「樓、悠、洲、愁」來押韻，而在國語裡「樓愁」和「悠洲」聲調並不相同，這是聲調變化的結果。韻書裡，「東」字的注音是「德紅切」，反切下字「紅」是第二聲，它可以用來注第一聲的「東」，也證明中古沒有陰平、陽平的分別。中古的平聲演變成陰平、陽平兩類，是從元代開始才有的。

那麼，促成平聲分化的因素是什麼呢？是聲母的清、濁。凡是古代的清聲母，國語唸第一聲，例如「冬通杯吞包……」；凡是古代的濁聲母，國語唸第二聲，例如「同馮回何麻……」。

二　全濁上聲變去聲（濁上歸去）

凡是全濁聲母[9]的上聲字，國語便轉成了去聲。例如「伴父犯丈士……」等字皆是。至於「軌耳尾女乃……」等字因為聲母不屬全濁，所以國語仍讀上聲。

三　次濁入聲變去聲

一般來說，入聲的演變比較雜亂，但是在雜亂中，我們還是可以找出一個大概的趨向。次濁的入聲字大部分變成國語的去聲。例如「莫勿力日月浴……」等字皆是。

四　全濁入聲變陽平

全濁的入聲字大部分變成國語的第二聲。例如「拔別伐舌什

9　「全濁聲母」參考本書〈中國古代的字母和奇妙的等韻圖〉一文。

台……」等字皆是。我們讀舊詩辨平仄，這些字看似平，實為仄，需特別留意。

　　至於中古清聲母的入聲字，在國語裡唸成第幾聲就毫無規則可循了。於此把國語聲調的形成列為一表如下：

表中的調號為國語的唸法，上列和左欄為中古音

中古聲母／國語聲調／中古聲調	清	次濁	全濁
平	ˉ	ˊ	ˊ
上	ˇ	ˇ	ˋ
去	ˋ	ˋ	ˋ
入	不定	ˋ	ˊ

有趣的「複聲母」

如果你聽到有人把「各」字唸成〔klak〕，把「藍」字唸成〔glam〕，把「申」字唸成〔sdien〕[1]，你一定會懷疑唸成了英文，或者是某種外國語吧？其實，那完全是我們自己的語言——

　　兩千多年前的上古漢語。像這些有〔kl-〕〔gl-〕〔sd-〕開頭的字音，我們稱之為「複輔音聲母」，簡稱「複聲母」，因為它的開頭具有二至三個輔音（consonants）[2]。英語直到今天還有這樣的複聲母，可是現代的漢語已經進化到了單聲母時代，也就是任何字音的開頭只有一個輔音存在。

　　複聲母在先秦時代十分普遍，漢代逐漸減少，到了魏晉就完全消失了。此後，複聲母遂被人們所遺忘。像化石一樣，埋藏在語史的深處。直到十九世紀末葉，有位英國漢學家艾約瑟（Joseph Edkins）提出了他的發現[3]。可惜沒有做深入的探究。林語堂是本國第一個研究複聲母的學者[4]，此後的發展，可以分為兩個階段：

1　「各」字的唸法可參考董同龢：《上古音韻表稿》，頁39，中研院史語所單刊。「藍」字的唸法參考高本漢：《中國聲韻學大綱》，頁103，中華叢書。「申」字的聲母，李方桂在〈上古音研究〉《清華學報》新九卷一、二期中定為〔sth-〕，筆者在《古漢語複聲母研究》中採用〔sd-〕。

2　輔音又名子音，國語的ㄅㄆㄇㄈ……都是輔音；ㄧㄨㄩㄚ……則稱元音或母音。

3　艾氏著有 "The State of the Chinese Language at the Time of Invention of Writing", London, 1874; "Recent Research upon the Ancient Chinese Sounds" (1897)。

4　參考林語堂：〈古有複輔音說〉，《語言學論叢》（臺北市：文星書店，1967年）。

　　（一）二十世紀前半是「懷疑與論辯」的階段。唐蘭[5]曾提出懷疑，進一步求證複聲母的，則有高本漢[6]、陸志韋[7]、董同龢[8]。

　　（二）二十世紀後半是「確立與系統」的階段。經過許多學者的努力，複聲母學說終於確立起來，並逐漸建立起系統化的研究，而不是局部的探討了。這個階段的代表學者有李方桂[9]、張琨[10]、周法高[11]、楊福綿[12]、丁邦新[13]、陳新雄[14]。

　　早期學者為什麼有人懷疑複聲母的存在呢？主要還是情感的因素。第一，首先提出這個學說的是外國人；第二，認為我們祖先的口音像外國人，似乎有點傷感情。

　　不過，任何學說的成立與否，應該依賴客觀的證據，「古音」是一種過去曾經存在的事實，民族情感固然可愛，對於考訂古音卻一點也幫不上忙。為什麼中國的古音，要由外國人第一個去發現呢？這是有歷史背景的。西方學者對於語言學的研究到了十九世紀達到巔峯，德人波普（Franz Bopp, 1791-1867）把梵語和歐洲各種語言結構上的關係找出來，推求其語根，制定其發音規律，完成《比較文法》（*Comparative Grammar*）一書，集印歐語學之大成。德人格林（Jacob

---

5　見唐蘭：〈論古無複輔音〉，《清華學報》十二卷二期。

6　參考高本漢：《中日漢字形聲論》（臺北市：成文出版社，1966年）。

7　參考陸志韋：《古音說略》（臺北市：臺灣學生書局，1971年）。

8　參考董同龢：《漢語音韻學》（臺北市：文史哲出版社，1987年）。

9　參考李方桂：〈上古音研究〉。

10　參考張氏 "Chinese S- Nasal Initals" 史語所集刊第四七本。"The Prenasalized Stop of MT, TB, and Chinese" 同上。

11　參考周法高：〈論上古音和切韻音〉，《香港中文大學學報》三卷二期。

12　參考楊氏 "Proto—Chinese S- KL—and Tibeto- Burmasn Equivalents" 第十屆漢藏語言學會議論文。

13　參考丁邦新：〈論上古音中帶 l 的複聲母〉，《屈萬里先生七秩榮慶論文集》（臺北市：聯經出版事業公司，1978年）。

14　參考陳新雄：〈酈道元水經注裡所見的語音現象〉，《中國學術年刊》第二期。

Grimm, 1785-1863）亦著成《日耳曼文法論》（*German Grammar*），所制定的格林語音律（Grimm's Law）至今仍成為音韻學的基本法則。西方學者挾其深厚的語言學知識，又以精善的語音學為利器，再加以他們客觀求真的科學態度，所以複聲母的發現就讓西方學者搶先了，但是進一步的探究，就非中國學者不能為了，因為西方學者對中國古書中語言資料的運用能力到底不如國人。

至於說複聲母聽起來像外國話，這點倒不見得傷感情，因為我們可以換個角度想：複聲母在中國語言裡已消失了一千多年，而歐美語言現在才開始走上消失的路，像英文 ship 的聲母原是〔sk-〕、lean 的聲母原是〔kl-〕、feeble 的聲母原是〔fl-〕。那麼，英語不是落後漢語一千多年了嗎？[15]

我們怎麼知道上古有複聲母呢？證據可分為兩大類：

一、 保留在古籍中的資料。例如形聲字、聲訓、讀若、又音、假借、異文、疊韻聯綿詞、同源詞……等。

二、 現代活語言的資料。例如方言、漢藏語言（Sino-Tibetan Language）的對應[16]。

這裡暫且舉形聲字來作說明。漢字的百分之九十以上是由「形聲」的法則構成的。字的一半代表意義，另一半代表發音（稱為「聲符」）。例如「侖」是「論、倫、淪、輪」的聲符，「至」是「致、窒」的聲符。可是有些字的聲符發音和本字不一樣，像「方」是「旁」的聲符，「者」是「都」的聲符，「寺」是「特」的聲符，

---

15 語言中音素的失落是很普遍的一種演化方式，無論東方語言、西方語言都可以找到許多由複輔音變成單輔音的例子。

16 漢藏語族僅次於印歐語族，是世界第二大語族，除了漢語、藏語外，還包括緬甸語、泰國語、寮國語等。有許多還保留著複輔音的形式，可以做為我們探究中國古音的參考。

「台」是「怡」的聲符……等。這是因為語音變化的緣故，初造字時，本無不同。由聲符和本字的發音關係，我們可以尋求出古音的原始狀貌。古音學家依據這類資料得到了許多古音規律：像古無輕脣音、古無舌上音，邪紐古歸定、喻三古歸匣……等。同樣的，我們也可以利用這類資料去探索複聲母。試觀察下面的形聲字和它的聲符：

各	：洛	兼	：廉
京	：涼	監	：藍
東	：練	果	：祼

　　隋唐時代的中古音，上面這些字，前一個都唸ㄍ〔k-〕，後一個都唸ㄌ〔l-〕聲母，和現代的閩南話相同。那麼，我們應該會想到，造字當時本字和聲符絕不會一個唸ㄍ，一個唸ㄌ。如果都唸ㄌ或都唸ㄍ可能嗎？也不行。因為「洛」若唸ㄍ，後來怎會變ㄌ呢？「各」若唸ㄌ，後來又怎會變ㄍ呢？那是不合音理的。那麼，是方言的因素嗎？別忘了「方言」也是同源的，由同一個母語分化的，所以最後仍要回到ㄍ、ㄌ的問題上。說來說去，只剩下一個可能性──複聲母。先秦時代上面那批字的聲母原是〔kl-〕或〔gl-〕，後來失落了一個輔音，變成了單聲母的ㄍ和ㄌ，這種演變在語言中是很常見的。

　　要證實一種複聲母的存在，必須有大量平行的例證，不是一兩個孤證就能下結論的。這裡所提到的〔kl-〕或〔gl-〕型複聲母不但在形聲字中反映出來，也在聲訓、讀若、又音……等資料中反映出來。像這類中間含有一個 l 成分的複聲母通常稱為「帶 l 的複聲母」。其他帶 l 的複聲母還有：（兩點代表諧聲關係，等號代表同源詞。）

　　pl- 型──風（：嵐）、筆（《爾雅》：不律謂之筆）、龐（：龍）……。

　　ml- 型──埋（：里）、來（＝麥）、命（＝令）……。

tl- 型——寵（：龍）、獺（：賴）、體（：豐）……。

帶 1 的複聲母證據最明顯、數量最豐富，所以最早被提出來，也最先受到確認。近十年來另外一類複聲母——帶 s- 的複聲母在許多學者不懈的鑽研下，也逐漸明朗了，例如：

sl- 型——史（：吏）、數（：婁）、灑（：麗）……。

sn- 型——如（：絮）、儒（：需）、讓（：襄）……。

st- 型——綏（：妥）、賜（：剔）、修（：條）……。

sk- 型——楔（：契）、宣（：桓）、歲（：劌）……。

了解複聲母，許多語文的問題和古籍的現象都能迎刃而解，得其所以然了。例如我們若知「角」字上古音的聲母是〔kl-〕，則下列問題都有了答案：

（1）聯綿詞「角落」是怎麼來的？

（2）朱熹《詩集傳》何以「角」的注音是「盧谷反」？

（3）《禮記》喪大記：「實於綠中」何以鄭注要說：「綠當為角」？

（4）何以《玉篇》的觫（從彔得聲）即角字？

（5）漢四皓的「角里先生」（角上部也可省寫成一撇）為何唸作
ㄌㄨˋ里先生？

又如「首、升、菽、申」等字的聲母，國語雖然都唸捲舌音ㄕ，上古卻是〔sth-〕或〔sd-〕（都屬中古「書母」字）。由此，我們得以解決下面的一些問題：

（1）首不就是頭嗎？原本它們的音、義都是類似的，只不過字形上「首」是象形，「頭」是形聲而已。

（2）升不就是登嗎？都表示「向上」的意思，它們的聲母，原本也無不同，都是舌尖塞音〔sth-〕或〔sd-〕。

（3）菽不就是豆嗎？兩字的發音本亦近似。

（4）平常我們所見到的電信局標幟就是「申」字，也就是「電」

字。上古它們的寫法相通，音、義相同。「申」字本來是像閃
電的形狀，後來演變得不像了，就在上面加個「雨」來幫助
了解，雨下的「申」則向右勾了一下。「申、電」既是同一
字，發音當然也是一樣的。

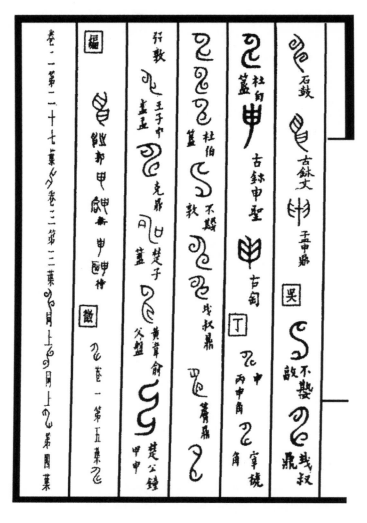

「申」（「電」）字的古體，像閃電的樣子。左邊的細字體是甲骨文

　　古音的研究不是一日兩日可見成效的，需要許多學者的投入，後人在前人的基礎上再踏出一步，像接力賽一樣，然後才能向目標不斷邁進。古音學每一部門的發展莫不如此。無論是等韻學、切韻學、古韻分部、上古聲母都經過無數學者的努力，才有今天的規模。複聲母也是一樣的，雖然 l 型、s- 型複聲母的研究已有了相當進展，還有其他形式的複聲母有待後人的繼續研究[17]。複聲母已經成為今天有志中國語文的人應具備的基本知識。讀者如果希望進一步獲得一些了解，不妨參考《古漢語複聲母論文集》（北京語言大學出版，1998年）。這是介紹複聲母百年來的研究成果最完整的結集。

---

17 其他型的複聲母可參考拙著〈上古漢語帶喉塞音的複聲母〉，《檀國大學論文集》，韓國漢城，1983年。〈上古漢語帶舌尖塞音的複聲母〉，《中國學術年刊》第六期，1984年。

古代中國話的流音〔r〕

〔r〕的性質

　　「流音」（Liquid）是輔音的一類，通常它指的是〔r〕和〔l〕兩個舌尖音。漢語史中，始終有個〔l-〕（古人稱「來母」），這是大家都知道的，至於〔r〕，在一千多年前就消失了，所以知道的人不多。

　　〔r〕在人類語言中是個相當基本而普遍的音，很多語言都有它。例如歐洲語言，在十六世紀有個舌尖顫音（trill）或閃音（flap）的〔r〕，到了十七世紀，巴黎的上層社會開始把〔r〕讀成小舌顫音（uvular trill），近三百年來，這個小舌的〔r〕延伸到了廣大的歐洲地區，不止是大部分德國的知識分子這樣念，荷蘭、丹麥、瑞典南部、挪威南部沿海、以及 Northumberland 和 Durham 地方的英文也受到了影響。原有的舌尖〔r〕只保留在巴伐利亞、奧地利、瑞士的德文、意大利等地區（見 *Socio-linguistics. An Introduction*, by Peter Trudgill, 1976, p.161）。西班牙語、意大利語、部分德、法方言的〔r〕都念為舌尖顫音（氣流衝出時，使舌尖顫動，不斷輕拍上齒齦），德、法的知識分子則唸為小舌顫音（顫動部位在小舌），西班牙語另外還有一個舌尖閃音（舌尖很快的輕拍一次上齒齦）的〔r〕，和顫音〔r〕有區別語義的作用，例如 pero（但是）和 Perro（狗），前者屬閃音。

　　在美國英語中，字中間的〔t〕或〔d〕往往唸成閃音的〔r〕，像 latter, butter, ladder 等字即是。而英國仍舊唸成舌尖塞音（見 *Generative Phonology*, by Sanford A. Schane, 1973 p.19）。

　　東方語言中，日語有〔r〕音，韓語也有〔r〕音，但韓語的〔r〕只出現在元音前，其他位置唸成〔i〕。我們的同族語言中，更可以普遍的看到〔r〕的存在。例如暹邏語「余」字念〔raa〕、「籬」字念〔rua〕、「家」字唸〔khrua〕、（見李方桂 Sion-Tai, 1976, pp.43-45）。藏語「草」字唸〔rtswa〕、「耳」字唸〔rna〕、「億」字唸〔khri〕、「卷」字唸〔gril〕。也都帶一個〔r〕的音。下面是《詩經》的例子，許多字都帶〔r〕音。（李方桂擬音）

旄丘[1]

旄丘之葛兮，	magw（magwh） khwjəg tjəg kat gig
何誕之節兮。	gar danx tjəg tsit gig
叔兮伯兮，	hrjəkw gig prak gig
何多日也？	gar tar njit rarx

何其處也？	gar gjəg thjagx（thjagh） rarx
必有與也！	pjit gwjəgx ragx（rag）（ragh） rarx
何其久也？	gar gjəg kjəgx rarx
必有以也！	pjit gwjəgx rəgx rarx

狐裘蒙戎，	gwag gwjəg muŋ（muŋx） njəŋw
匪車不東。	pjədx khrjiag（kjag） pjəg tuŋ
叔兮伯兮，	hrjəkw gig prak gig
靡所與同。	mjiarx srjagx ragx（rag）（ragh） duŋ

1　本詩文字依《毛詩鄭箋》及《詩集傳》校正。鄭玄：《毛詩鄭箋》（臺北市：新興書局，1964年3月）；朱熹：《詩集傳》（臺北市：臺灣中華書局，1969年11月）。

瑣兮尾兮，　　　　suarx gig mjədx gig
流離之子。　　　　ljəgw ljar tjəg tsjəgx

叔兮伯兮，　　　　hrjəkw gig prak gig
褎如充耳。　　　　rjəgwh njag thjəŋw njəgx

上古聲母的〔r〕

　　由前面敘述，可知〔r〕存在於世界各語言中，那麼，漢語的〔r〕又是個怎樣的狀況呢？現代漢語雖然沒有〔r〕，根據古音學家的研究，它很可能存在於上古音中。上古音的〔r〕是個舌尖閃音，和英文的〔r〕發音類似。它既出現在字音的開頭（聲母），也可以出現在字音的中間（介音），還可以出現在字音的最末（韻尾）。所以，〔r〕在上古音中是個十分活躍的成分。李方桂先生曾由古代的借字或譯音找線索，尋找〔r〕的痕跡，例如古代「喻」母字常常和舌尖塞音諧聲，證明上古的喻母字也應當具有舌尖聲母，而古代台語（Tai Language，不是閩南語）喻母的「酉」字正是〔r〕聲母。曾運乾也有「喻四古歸定」的學說，證明上古的喻母發音應當近似〔d〕，正和李方桂〔r〕的假定相吻合。到了中古時代，〔r-〕就變成〔ji-〕了，和同族的緬語〔r-〕變〔j-〕相符合。

　　筆者一九八二至一九八三年講學於漢城檀國大學，曾注意韓國歷史上的「駕洛國」，又名「伽耶國」（西元四十二年建國於朝鮮半島南部洛東江、蟾津江、伽耶山一帶）的問題。韓國學者不能解釋兩者語音上的關係，現在既證明喻母字上古念〔r-〕，「耶」字正是喻母，它和「洛」〔l-〕字都是舌尖部位的流音，自然可以相通（在主要元音上，「耶、洛」二字又都是〔a〕）。此外，五伽耶之一的「阿羅伽

耶」，依據韓古史「三國遺事」，在「羅」字下注云：「一作耶」，
「羅、耶」可以相通，也是它們發音近似的緣故，因為聲母既是同類
的〔l-〕和〔r-〕，元音又同為〔a〕。如果不明喻四的「耶」是〔r-〕，
這個問題就無法解決了。

上古介音的〔r〕

依李方桂先生的研究，舌上音和正齒音二等字都有個〔r〕介
音，例如：知〔tr-〕、徹〔thr-〕、澄〔dr-〕、娘〔nr-〕、莊〔tsr-〕、初
〔tshr-〕、牀〔dzr-〕、疏〔sr-〕。這個〔r〕介音不但可以在上述的舌
尖音後出現，也可以在任何別的聲母後出現，例如凡與舌根音諧聲的
喻母四等字，上古唸〔gr-〕，如「遺、裕、匀」等字皆是。凡與唇音
諧聲的喻母四等字，上古念〔br-〕，如「聿」字。

所有的二等字在上古也都有〔r〕介音，例如埋〔mrəg〕、麥
〔mrək〕、剝〔pruk〕等字。正因為這些字帶有〔r〕成分，所以能和
〔l〕聲母的「里、來、綠」等字諧聲（r、l同屬濁的舌尖流音）。

上古韻尾的〔r〕

〔r〕成分也可以出現在字音的末尾。根據高本漢的研究，上古
「脂、微」兩部的平、上聲字帶有〔-r〕的韻尾，「歌部」的一部分
字也有〔-r〕韻尾。前者如「水、飢、衣、圍……」等字，它經常和
其他具有舌尖韻尾的字叶韻。後者如「那、柴、火、果……」等字。
至於歌部的另一些字「歌、阿、加、宜……」等，就沒有這個〔-r〕
尾，所以押韻時不和有輔音韻尾的字相叶。

〔r〕輔音的消失

　　語音的本質是趨向流動變化的，它隨著時、空的轉變，不斷的在演變。有時候，一種音可以分化為兩種音，有時候，兩種音也可以合併為一種音，有時候，卻在歷史過程中消失得無影無踪。古漢語的這個〔r〕正是一種不很穩定的輔音，到了魏晉以後，開頭和收尾的〔r〕都失落了，居於音節當中的介音〔r〕也在影響了前面的聲母和後面的主要元音之後，湮沒於歷史的洪流中。

　　英語〔r〕的演化正可以給我們一些啟示，英語元音後的〔r〕，像 cart,car,farm,yard 中的〔r〕在許多地區都已經消失不發音了，只殘留在某些變化較遲緩的鄉村地區而已。

探索形聲字聲音之謎
——由形聲字看古音

　　凡是對文字有一點了解的人都明白形聲字是由「聲符」來注音的，例如「輪、倫、淪、論」用「侖」來注音。但是，有許多情況似乎聲符的發音不太符合，那是因為語音演變的結果，而音變是有規則的，如果能夠具備這方面的知識，那麼，你才能說真正懂得了形聲字。下面是一些常見的形聲字，我們一同來觀察一下它和聲符的關係。

窮ㄑㄩㄥˊ　壬躬ㄍㄨㄥ聲

　　它們的差異主要在聲母上，「窮」字若追溯其聲母的來源，中古屬「羣母」，本是個濁的ㄍ聲母，所以和「躬」是近似的。後來，「窮」字的聲母發生了「顎化作用」（palatalization），變成了ㄑ（國語的ㄐㄑㄒ都是經顎化作用形成的），遂和「躬」字發音不符合了。

翁ㄨㄥ　壬公ㄍㄨㄥ聲

　　「翁」字中古屬於「影母」，唸作喉塞音聲母，和「公」字的ㄍ聲母（舌根塞音）十分近似，所以能用「公」字作聲符。後來，「翁」的喉塞音聲母失落了，才唸成了今天的ㄨㄥ。

紅ㄏㄨㄥˊ　壬工ㄍㄨㄥ聲

　　「紅」字中古叫做「匣母」字，唸濁的ㄏ，上古唸濁的ㄍ，和「工」字的聲母近似，所以用「工」為聲符。「紅」字的音變過程是：上古濁ㄍ→中古濁ㄏ→國語清ㄏ。

巷ㄒㄧㄤ、 壬共ㄍㄨㄥ、聲

「巷」字本屬「匣母」，上古唸濁的ㄍ，所以能以「共」為聲符。後來變成了ㄏ，又發生了顎化作用（「巷」字屬於二等牙喉音，這類字本來是洪音，近世轉成細音，遂生顎化），於是國語念成ㄒ聲母。至於「巷」字的韻母，原本也是和「共」近似的，因為「巷」屬於「江韻」，韻母和「東、鍾」（ㄨㄥ韻母）是同類的，所以在韻書裏它們相鄰排列。到了中古後期，江韻字才發生變化，韻母變得和「陽、唐」（ㄧㄤ或ㄤ韻母）韻相似了。

《文字蒙求》形聲類，這是一部古代學習文字的入門課本

斯ㄙ　王其ㄑㄧˊ聲

「斯」在上古唸 sg- 聲母（中古 g 失落，變為 s-），「其」唸 g-聲母，兩字發音近似。「其」字到了近世，聲母又顎化為ㄑ，於是發音就不符合了（楔從契聲，與此類似）。韻母方面，「斯」國語唸為舌尖元音，這種元音是中古後期才產生的，原本都唸作舌面元音 i，和「其」字相同。

楷ㄎㄞˇ　王皆ㄐㄧㄝ聲

「皆」字古代唸〔kai〕，和「楷」音近。後世「皆」字發生了一連串的音變：（括弧內注明演變規律）

kai → kiai（二等牙喉音由洪轉細）→ kia（韻尾因異化作用而失落）→ kie（主要元音被 i 同化而舌位升高）→ ㄐㄧㄝ（聲母顎化）

涼ㄌㄧㄤˊ　王京ㄐㄧㄥ聲

「涼」字的聲母上古是 gl-（中古簡化為 l-），「京」上古唸 k-，二音的開頭都是舌根塞音，所以發音接近。「京」字近世顎化變ㄐ聲母（同類的狀況還有廉從兼聲、藍從監聲、蘭從柬聲、洛從各聲、裸從果聲）。至於韻母方面，可以參考閩南語「京」kiã（〈 kiaŋ）的唸法，還保留了和「涼」liaŋ 近似的痕跡。

貪ㄊㄢ岑ㄘㄣˊ唸ㄋㄧㄢˋ　王今ㄐㄧㄣ聲

「今」字上古為 k- 聲母（舌根塞音，近世顎化為ㄐ），「貪、岑、念」三字上古開頭都帶有喉塞音或舌根塞音的詞頭，所以發音近似。後世這些字的詞頭都失落了，發音遂有不同。（造從告聲、答從合聲，與此同類）

裕ㄩˋ、容ㄖㄨㄥˊ　壬谷ㄍㄨˇ聲

「裕、容」二字中古屬「以母」，上古唸 gr- 聲母（→ r-→中古 ø-），因而能以 k- 母的「谷」為聲符（同以舌根塞音起頭）。同類狀況的形聲字還有鹽从監聲、遺从貴聲、均从勻聲、慾从衍聲等。

本來喻母字到了國語都念成零聲母（沒有輔音開頭），而「容」字卻受到ㄖ聲母的類化，唸成了捲舌聲母。「容」的韻母在上古時代很可能有些方言不帶鼻音韻尾，和它的聲符「谷」一樣。

拾ㄕˊ　壬合ㄏㄜˊ聲

「拾」字中古屬「禪母」，上古念 sg- 聲母（和舌根音諧聲的照系三等字，上古唸作 s 加舌根音的型式），「合」字中古屬「匣母」，上古唸 g-，二字聲母近似。韻母方面，它們都是具有 -p 尾的入聲字。

樞ㄕㄨ　壬區ㄑㄩ聲

「樞」字中古屬「昌母」，上古唸 sk'- 聲母，和原本唸 k'- 聲母的「區」（國語顎化為ㄑ）近似。韻母方面，中古音本來沒有撮口呼ㄩ的唸法，國語的ㄩ都是由中古「合口細音」iu，經由唇化作用（labiolization）形成的。因此，古代這兩字的主要元音都是 u。

攤灘ㄊㄢ　壬難ㄋㄢˊ聲

這是因為上古「難」字唸 tn 聲母（→中古 n-），和「攤、灘」的頭一個音相似，所以能諧聲。同類的狀況還有態从能聲、餒从妥聲、紐从丑（上古音 t'）聲等例。

杵ㄔㄨˇ　卸ㄒㄧㄝˋ　壬午ㄨˇ聲

這三個字在上古都具有複聲母，它們的發音是：杵 sk'-（→中古

昌母）、卸 sg-（中古心母）、午 sŋ-（→中古疑母），它們的開頭都是 s，第二成分都是舌根音，所以音近互諧。韻母方面，它們屬上古「魚部」，這部的主要元音都是〔a〕。

董ㄉㄨㄥˇ　壬重ㄓㄨㄥˋ聲

「重」字中古屬「澄母」，依據「古無舌上音」的規律，上古唸 d' 聲母，和 t 聲母的「董」發音近似。同類的現象還有逃從兆聲、召從刀聲、澄從登聲、滯從帶聲等例。

龐ㄆㄤˊ　壬龍ㄌㄨㄥˊ聲

「龐」字上古音 bl'-（→ 中古並母），和「龍」的聲母 l- 近似。至於「龍」的聲符「童」，上古唸 d'l-（→ 中古定母），也因同具有 l 成分而諧聲。

終ㄓㄨㄥ　壬冬ㄉㄨㄥ聲

「終」字中古屬「章母」，清代的古音學家就已發現章母字上古是唸ㄉ的。到了國語，章母字都唸捲舌音了。

揣ㄔㄨㄞˇ　喘ㄔㄨㄢˇ　遄ㄔㄨㄢˊ　惴ㄓㄨㄟˋ　湍ㄊㄨㄢ　端ㄉㄨㄢ　瑞ㄖㄨㄟˋ

這七個字的聲符相同，唸法竟然全異。如果由中古音來看，惴屬「章母」、遄屬「禪母」、喘屬「昌母」，這類聲母在上古都是舌尖塞音 t t' d'一類，和「端、湍」聲母近似。剩下的「揣」是「初母」，上古唸 st'（→ ts'→ tʃ→ 國語捲舌音），也具有舌尖塞音的成分。至於「瑞」字，中古音「是偽切」，也屬「禪母」（上古 d'），國語原本應該和「睡」同音，結果卻被ㄖ聲母給類化了。

　　韻母方面，顯然分為兩大類，一是以舌尖鼻音 -n 收尾的陽聲韻，如「喘、遄、湍、端」四字；一是以元音 -i 收尾的陰聲韻，如「揣、惴、瑞」三字。在語音演化上，-n 和 -i 發音部位相近，有互相換轉的可能，因此，「揣、惴、瑞」三字在上古也許有 -n 收尾的唸法（方言現象），才使得這七個字無論聲母、韻母都很近似，所以能用同一聲符來注音。

侈ㄔˇ 移一ˊ　壬多ㄉㄨㄛ聲

　　「侈」中古屬「穿母」，上古唸 t'；「移」字屬「喻母」，上古唸 r-（音近ㄉ、ㄊ）。可知「侈、移、多」三字的聲母本是相近的。韻母方面，三字都屬上古歌部，音〔a〕。

旁ㄆㄤˊ　壬方ㄈㄤ聲

　　依據「古無輕唇音」的規律，國語唸ㄈ的字，上古都是 p- p'- b'- 聲母，所以「旁、方」二字在上古幾乎是同音的。由這個條例還可以解釋「問ㄨㄣˋ 从門ㄇㄣˊ聲」的問題，「問」字中古屬「微母」，是「輕唇音」，可是在上古卻唸重唇音「明母」（m-），因而能以「門」作聲符。

迪ㄉㄧˊ　壬由一ㄡˊ聲

　　「由」字中古屬「喻母」，古音學上有「喻四古歸定」的條例，意思是說「喻母」在上古時代的唸法和定母（d'）很接近。現代學者把「喻母」的上古音讀擬訂為舌尖閃音〔r-〕，發音近似ㄉ、ㄊ，所以「迪」能夠以「由」作聲符。同類的狀況還有：怡从台聲、惕从易聲、條从攸聲、誕从延聲、馳（上古唸 d'）从也聲、途从余聲。

悔ㄏㄨㄟˇ　壬每ㄇㄟˇ聲

「悔」字上古唸清化的 m-（聲帶不顫動），用濁 m- 的「每」作聲符，是很自然的。有一些中古ㄏ聲母（曉母）的字，在形聲中和 m- 聲母的字諧聲，都是上古唸清 m- 的緣故，例如：忽从勿（上古唸 m-）聲、昏从民聲、默从黑聲皆是。

特ㄊㄜˋ　壬寺ㄙˋ聲

「寺」字屬中古「邪母」，依據「邪紐古歸定」的規律，上古邪母字唸 d-，和「特」字聲母近似。韻母都屬「之部」，主要元音同為〔ə〕。其他反映「邪紐古歸定」的形聲字還有：墮从隋聲、屠和緒同聲符、途和徐同聲符、誕和涎同聲符。

寵ㄔㄨㄥˇ　壬龍ㄌㄨㄥˊ聲

「寵」字上古唸 t'l- 聲母（→ t'-→ 中古徹母），因而可以用 l- 聲母的「龍」作聲符。獺（上古 t'l-）从賴聲、體（上古 t'l-）和禮同聲符，皆屬此類。

埋ㄇㄞˊ　壬里ㄌㄧˇ聲

「埋」字上古唸 ml- 聲母（→ 中古 m-），可以用同韻部 l- 聲母的「里」作聲符。類似的例子還有：蠻（上古 ml-）和戀同聲符、廖與謬（上古 ml-）同聲符、睦（上古 ml-）與陸同聲符。

羶ㄕㄢ　和檀ㄊㄢˊ同聲符

「羶」字中古屬「書母」，凡書母字上古唸 sd- 或 st'-，所以經常在形聲字裏ㄉ和ㄊˋ聲母的字接觸。同類的例子還有：探和深同聲

符、輪和偷同聲符、詩和特同聲符、傷和湯同聲符、悅從兌聲、施和地同聲符。

　　讀了以上的例子，也許你已經可以舉一反三，對形聲字有了更深一層的認識，同時，你也可以體會幾千年前造字的時代，語音和今日比起來，是多麼不同啊！

上古音與同源詞

　　古代社會，生活比較單純，所以語言中所用的詞彙數量不大，隨著社會的發展，生活日趨複雜，思想也日趨精細，原有的詞就會隨著需要而孳乳分化，由一個詞細分為許多詞，這些詞就是同源詞。這些是時間因素造成的，除此之外，也有空間因素造成的同源詞。例如同一個詞彙，在甲地這樣寫，在乙地可能發音稍有不同，而有另一種寫法，這樣形成的許多詞彙，也是同源詞。

　　凡是同源詞，意義一定相類似，發音也有關聯，寫法卻不相同。例如「洪、宏、弘、鴻、紅」都源始於「大」的意思，發音又相同，所以它們是同源詞。又如「鈎、笱、苟、痀、枸」都有「彎曲」的意思，都用「句」作聲符，可藉以推知上古發音相似，所以它們也是同源詞。

　　具備了同源詞的知識，使得表面看起來一盤散沙的詞彙，都有了聯繫，了解詞彙間的親屬關係，也就能夠以簡御繁，從淵源流變中，掌握詞彙的意義，對閱讀古籍提供莫大的助益。從事字典編纂者，尤其應該具備同源詞的知識，才能夠更精確的理解字義、闡釋字義。

　　不過，同源詞的探討必須遵循嚴格的方法，和依賴可靠的證據，絕不能憑主觀的臆測。首先，我們必須了解這批字的古音性質如何？音近的程度如何？語音會變，我們不能只憑自己口中的發音判斷同源詞。同時，我們還得了解這批字的原始意義，因為意義也會變，現代同義的字，古代未必同義，現代意義不相關的字，也許古代有共同的淵源。某字經過長久的使用，也許意義引申得很遠了，也許被假借

了，因此，我們必須找出它的本義，互相比較，如此才能當握真相，把詞義的系統建立起來。

　　要是不能把握上述的原則，把同源詞看得太廣太濫了，結論便難免會有偏差。例如劉賾把《說文解字》裏所有古音唸 m- 聲母的字都視為同源，使得有黑暗義的「昧、迷、霧、暮」和意義全然不同的「明、目、面、馬」硬扯上關係。又如劉師培以為上古真、元兩部字均有「抽引」之義，如从川、从侖、从辛……等得聲的字都包括了。然而，「馴、巡、倫、淪、親、新」這些字你能說出它們如何具有「抽引」之義嗎？可見我們談同源詞不能只憑聲音的一部分（聲母或韻母）就輕作猜測。

　　宋人曾有「右文說」，提出形聲字的聲符常有兼義的現象，如「戔、小也，水之小者曰淺，金之小者曰錢，歹而小者曰殘，貝之小者曰賤」，又如「青字有精明義，故日之無障蔽者為晴，水之無濁濁者為清，目之能明見者為睛，米之去粗皮者為精。」這些實際上就是同源詞。然而，近世有些學者又作了過分的擴充，主張「凡从某聲多有某義」，也許「多」字改成「偶」字更能符合事實。固然，像「濃、膿、醲」（有「厚」義）、「陘、徑、莖」（有「細長」義）確屬同源，但「臉、險、儉、檢」、「押、匣、鴨、狎」也是同聲符的字，意義卻毫無關聯。形聲字的問題，我們必得先把從這個聲符得聲的字究竟有幾個，統計出來，其中能證明同源的又占了幾分之幾，如果只是偶爾幾個例子，就不能以偏概全的輕下結論，說成「凡从某聲多有某義」。

　　高本漢的《漢語詞類》和王力的《同源字典》是討論同源詞的兩部比較精密、客觀的參考書。前者兩百多頁，有一半篇幅在討論古音問題，所列的字族表也逐字用音標注明其古音，可見古音是探索同源

詞的最重要依據。後者也專列「古音說略」一章，先介紹古音，然後才進一步把同源詞依古韻二十九部譜列出來。

下面舉出幾組同源詞談談。

表示「光亮」的同源詞

景 kiǎng	鏡 kịǎng	光 kwang	晃 gˊâng
煌 gˊwâng	旺 gịwang	螢 gịweng	耿 kěng
潁 kịweng	炯 kịweng	熒 gịweng	瑩 gịwǎng
杲 kog	赫 xǎk	旭 xịuk	熙 xịəg
熹 xịəg	曉 xịog		

這一組字見《漢語詞類》第109頁。發音上都有個舌根音聲母，還有個舌根輔音的韻尾。不過，高氏仍然看得太寬了一點，「杲」以後的六個字在聲母上（以擦音 x 為主）、主要元音上（較偏後）、韻尾上（都是塞音，和前面屬鼻音收尾不同）都和前面十二個字有界限，如果態度謹慎一點，也許我們該把它們看作是兩批同源詞。

表示「悲傷難過」的同源詞

痛恫 thong　　**慟** dong　　**疼** duəm

這一組字見《同源字典》三八〇頁。它們都具有舌尖塞音的聲母，中度的主要元音，以及鼻音的韻尾。在意義上，《爾雅》、《說文》：「恫，痛也」，《詩》大雅桑柔：「哀恫中國」、《史記》燕世家：「百姓恫恐」，都是用這個意思。「慟」字見《論語》先進：「子哭之慟」，《集解》引馬注：「慟，哀過也」，《皇》疏：「慟，謂哀甚也」。

「疼」字見《廣雅》釋詁：「疼，痛也」。由此可知這批字的意義是相通的。

表示「急速」的同源詞

喘 t̂ĭwan　湍 t'wan

　　這一組字見姚榮松《上古漢語同源詞研究》。由注音上可以看出它們的古讀近似。意義方面，《釋名》：「喘、湍也，湍，疾也，氣出入湍疾也。」《說文》：「喘，疾息也」、「湍，疾瀨也」。可證此二字都有「急速」之義，「喘」是呼吸疾速，「湍」是水從沙上急流而過。在字形上加了口和水來區分。

反映了 ml- 複聲母的同源詞

　　「命 m- 令 l-」這兩個字在甲骨文和金文中是同一個字，它們的原始發音應該是〔mljing〕，後來在不同的方言中分化為「命」〔mjing〕與「令」〔ljing〕。

　　「麥 m- 來 l-」原本也是同一個字，「來」字本非來之來，而是象麥子之形。下面是根，中間一直是莖，上面是細長的葉和麥穗。《說文》：「來，周所受瑞麥來麰」，《詩經》周頌思文：「貽我來牟」，臣工：「於皇來牟」，正是用「麥子」的意思。所以「麥、來」是同一個詞分化而成的，上古唸 ml- 聲母。

反映 sd- 複聲母的同源詞

　　「頭：首」這兩個字意義相同，《說文》：「頭，首也」，《廣雅》

釋親：「首謂之頭」。國語兩字的聲母不同，中古音「頭」屬「定母」，「首」屬「書母」，也不相同。而上古音審母字唸 sd-，和「頭」的發音就近似了。音、義既相關，便可推知它們是同源詞。

「登：騰：乘：升：昇：陞」這些字的原始意義相同。《爾雅》釋詁：「登，升也」，《詩》小雅十月之交傳：「騰，乘也」，《釋名》釋姿容：「乘，陞也，登亦之如也」，《詩經》七月傳：「乘，升也」，《易》升卦疏：「升者，登也」。就古音方面看，「登、騰」音近較易了解，「乘」字中古屬「禪母」，上古音同「定母」，念 d'-。「升、陞、昇」三字中古屬書母，上古是 sd-。因此，這批字不但意義相似，上古發音也近似，可以推知它們是由同一個古代詞彙分化出來的。

如何判斷同源詞？

下面舉出幾組常見的同源詞，你是否能利用手頭的工具書加以判斷？

背：負	不：弗	配：妃
茶：茶	讀：誦	跳：躍
乃：而	逆：迎	

我們要判斷哪些詞是同源，可以依下面幾個步驟：

首先，查《說文解字》段注、《說文通訓定聲》、《經籍纂詁》，列出這些字的本義和經籍中的用法。其次，查《廣韻》的反切，記下它們的中古音類，再以中古音作基礎，參考古音演變條例（例如「古無輕唇音」、「喻四古歸定」、「娘日歸泥」等），推出它們的上古音。韻部方面可以參考《說文》段注及其後所附之「六書音韻表」。最後，比較這些字的古音和古義，看看它們的關聯如何？不妨試試看。

王力《同源字典》 高本漢《漢語詞類》

（這兩部書是目前最好的同源詞工具書）

「入聲」滄桑史

　　我們都知道，古代有四種聲調：平、上、去、入。其中，最特別的要算是入聲了。一方面是因為它在中國大部分地區已經消失得無影無蹤，只有東南沿海的方言還保留它；另一方面是它的發音十分短促，和其他聲調一聽就覺得不一樣。為什麼入聲會短促呢？因為凡是入聲字，發音時在後頭都有一個「塞音」收尾。塞音是氣流在口腔受到完全的阻礙，於是壓力加大，把阻礙點衝開，氣流就像爆發一樣，頃刻間衝出去了。這種方式發出的音都是一閃即逝，絕對無法拖長的。我們可以用閩南話、客家話、廣東話唸唸下列幾個字，一定很容易分別哪個是入聲：

　　合：河
　　骨：古
　　八：巴

　　古代的入聲字有三種：
一、收尾是個舌根塞音 -k 的——獨、毒、局、剝、略、伯、責、
　　益、戚、力、北
二、收尾是個舌尖塞音 -t 的——列、切、舌、拔、活、達、忽、
　　月、乞、屈、瑟、出、失
三、收尾是個雙唇塞音 -p 的——習、答、臘、接、協、夾、甲、
　　業、法

　　如果你用閩南話唸唸看，仔細聽聽它們的收尾是不是不一樣呢？

　　入聲雖然今天大多數地區已經不存在了，但是在中國語音的歷史上，它曾經有過多采多姿的一生，下面就把這段滄桑往事一一道來。

一　上古時代的入聲字

　　通常所謂的「上古音」是指周、秦兩漢的古音。從清初的顧炎武開始，人們對上古音就逐漸有了清晰的了解[1]。顧氏第一個發現入聲字在上古竟然和陰聲字有密切的關係。所謂「陰聲字」是指中古時代（六朝至唐宋）以元音[2]收尾的字，它和以鼻音收尾的「陽聲字」[3]是對立的兩類韻母。

　　我們可以從《詩經》的押韻來看。

一、《大雅・桑柔》十二章：

> 　　大風有隧，有空大谷。
> 　　維此良人，作為式穀。
> 　　維彼不順，征以中垢。

　　在這首詩裡，「谷、穀、垢」三個字是韻腳，前兩個屬入聲，後一個屬陰聲。

二、《王風・中谷有蓷》二章：

> 　　中谷有蓷，暵其修矣。

1　參考顧炎武：《音學五書》（臺北市：廣文書局，1966年）。

2　元音又稱母音，即 vowels。

3　像「侵、音、央、安、公……」都是陽聲字，都有個鼻音收尾。

有女仳離，條其歠矣。

條其歠矣，遇人不淑矣。

韻腳是「修、歠、淑」三字，前兩個屬陰聲，後一個屬入聲。
三、《周頌·潛》：

鰷鱨鰋鯉，

以享以祀，

以介景福。

韻腳是「鯉、祀、福」，前兩個屬陰聲，後一個屬入聲。

《詩經》原本是音調鏗鏘的歌謠，性質不同的陰聲和入聲怎會在一起押韻呢？依據高本漢、董同龢、李方桂等古音學家的研究，原來這些陰聲字在上古時代也都有個塞音收尾。只不過入聲的塞音收尾 p,t,k 是清音（發音時聲帶不顫動），陰聲的塞音收尾 b,d,g 是濁音（發音時聲帶顫動）而已。他們在上古時代的發音性質十分類似，所以在一起押韻仍不失音調鏗鏘之美。

入聲字不僅在上古的韻文中和陰聲字相押，在漢字的形聲結構中，也顯示了二者的密切關係。

漢字百分之九十以上是形聲字，也就是一個字由兩部分構成，一部分代表意義，一部分代表發音。代表聲音的一半，稱為「聲符」，聲符有注音的作用，像「論、倫、輪、淪」的「侖」就是聲符，它代表了這幾個字的發音。

我們看下面的例子：

室（入）──至（陰）

　　翠（陰）──卒（入）

　　沸（陰）──弗（入）

　　軸（入）──由（陰）

　　刻（入）──亥（陰）

　　上欄的形聲字都是由下欄的聲符來注音的，它們之間卻有陰聲和入聲的不同。這個道理和前述的陰入一起押韻相同。也就是說在上古造字的時代，陰入兩類字都是塞音收尾。

二　中古時代的入聲字

廣韻入聲卷第五

屋第一　獨用
沃第二　燭同用
燭第三
覺第四　獨用
質第五　術櫛同用
術第六
櫛第七　獨用
物第八　獨用
迄第九　獨用
月第十　沒同用
沒第十一
曷第十二　末同用
末第十三
黠第十四　鎋同用
鎋第十五
屑第十六　薛同用
薛第十七
藥第十八　鐸同用
鐸第十九
陌第二十　麥昔同用
麥第二十一
昔第二十二
錫第二十三　獨用
職第二十四　德同用
德第二十五
緝第二十六　獨用
合第二十七　盍同用
盍第二十八
葉第二十九　帖同用
帖第三十
洽第三十一　狎同用
狎第三十二
業第三十三　乏同用
乏第三十四

《廣韻》的入聲韻目

在中古的詩歌中，入聲字不再和陰聲字押韻了，例如唐詩：

　　千山鳥飛絕，萬徑人蹤滅。
　　孤舟簑笠翁，獨釣寒江雪。

韻腳是「絕、滅、雪」，都屬入聲，其中沒有陰聲。

　　玉階生白露，夜久侵羅襪。
　　卻下水晶簾，玲瓏望秋月。

韻腳「襪、月」也都屬入聲，不夾雜一個陰聲。
同樣的，押陰聲韻的唐詩也絕不和入聲混雜，例如：

　　春眠不覺曉，處處聞啼鳥。
　　夜來風雨聲，花落知多少？

韻腳是「曉、鳥、少」都是上聲字。又如：

　　白日依山盡，黃河入海流。
　　欲窮千里目，更上一層樓。

韻腳是「流、樓」都是平聲字。
　　為什麼入聲和陰聲的親密關係消失了？是入聲變了嗎？不是，變的是陰聲字。陰聲字的濁塞音韻尾失落了，變成了元音收尾，因此，它和入聲字的發音不再相似。例如「鳥」字是個陰聲，它的演變如下：（依董同龢擬音）

上古 tiog→中古 tieu

「樓」字也是陰聲字，它的演變是：

上古 lug→ 中古 leu

於是，入聲字必須另外選擇新伴侶。在韻書和韻圖中，三種入聲各自和類似的三種陽聲韻相配。

-k 型入聲和 -ŋ 型陽聲相配，例如「東董送屋」。

-t 型入聲和 -n 型陽聲相配，例如「真軫震質」。

-p 型入聲和 -m 型陽聲相配，例如「凡范梵乏」。

能相配的入聲和陽聲，韻尾的發音部位都相同，所以在語音結構上可以歸成一組；但是它們的發音方法終究有別，入聲是塞音，陽聲是鼻音，所以不能在一起押韻。我們在六朝唐宋的詩詞作品中，沒發現入聲字和陽聲字押韻的，就是這個道理。

到了中古後期[4]，曾經具有旺盛生命力的入聲，終於呈現了衰象。三種入洱韻尾都弱化成了一個喉塞音韻尾。這是個喉頭阻塞的音，有點類似輕微的咳嗽聲。國際音標的寫法是問號去掉下面那一點。

怎麼知道入聲有這樣的變化呢？我們可以從宋代的等韻圖裡看出來。「等韻圖」是古人設計的一種語音圖表，從縱橫交錯的關係中，可以求出表中每個字的發音性質。早期的等韻圖，例如《韻鏡》、《七音略》，把入聲安排和陽聲字一組。宋代的韻圖，例如《四聲等子》、《切韻指掌圖》卻把入聲兼承陰陽。換句話說，入聲字既和陽聲字配

4　中古後期指的是宋代。

成一組，又和陰聲字配在一塊兒。例如《四聲等子》的「止攝」是個陰聲韻攝（「攝」即「圖」的意思），其中有 -k 型的入聲字：「劇、色、隻、石」等，又有 -t 型的入聲字：「出、卒、律、佛」。這個現象告訴我們兩點：

第一，入聲既改變了配合狀況（由配陽聲變成兼配陰陽），表示入聲的性質已發生變化。配陽聲只是承襲舊制，配陰聲才是我們值得探究的。這要從陰聲的性質來看，陰聲是沒有輔音[5]韻尾的，那麼，入聲是否也失去了 -p -t -k 的輔音韻尾？應該不會，因為入聲如果失去輔音韻尾，不是就成了陰聲字了？在韻圖裡就不會保留在入聲的位置上，它一定像現在一樣，把合和河、骨和古、八和巴視為同音字，把陰、入兩類字混在一起了。所以中古後期的入聲字仍帶有入聲的性質，只是和早期的不同而已。

第二，-k 和 -t 兩種入聲既混在一起，顯然它們的區別已經不存在，變成了同一種韻尾。應該是哪一種韻尾呢？依前條的推論，入聲性質既未消失，應該還是個塞音韻尾。但是，它能和陰聲字配組，說明這個塞音必然很弱，正因為很弱，所以它前面的元音便相對的增強了，於是和以元音為主的陰聲字就變得十分接近了。說到這兒，這個最可能的塞音韻尾已經呼之欲出了，它就是喉塞音〔ʔ〕。例如〔kie〕和〔kieʔ〕不是十分相近的音嗎？前者正是陰聲，後者便是中古晚期的入聲。

入聲的遭遇夠滄桑的了，從上古的和陰聲關係密切，到中古前期的投入陽聲懷抱。中古後期雖然回到了舊日伴侶身邊，然而白雲蒼狗，此時的陰聲已非當年的陰聲（早已失去了濁塞音韻尾），此時的入聲亦非當年的入聲（韻尾弱化了）。真是千年睽違，再相遇時，人事已非。

5　輔音又稱子音，即 Consonants。

三　近世的入聲字

左圖（由右至左）

平聲

陰　家加跏珈笳枷袈迦菝鞥慶佳嘉○巴疤

芭舥芭○蛙洼窪哇媧蝸○沙砂紗鯊裟

查楂蹅吒○樝抓髽○鴉丫呀○又杈釵差

陽　麻蟆嬤麻○爬舥琶杷爬○茶槎搽○牙芽衙涯衡宣

龍鑷○誇夸○蝦○皅花瓜

入聲作平聲　霞遐瑕○琵杷爬○茶槎搽○拏

達撻踏沓○滑猾○狎轄鎋俠峽洽匣袷○

上聲　乏伐筏別○拔○雜○閘

右圖（由右至左）

家麻

入聲作去聲　岳樂藥約躍鑰○柞末涼寞寘○咢鴉鰐惡堊鄂

略掠○虐瘧

去聲　賀荷檐○佐左坐座○舵墮髻惰剁堕大馱

癉○鑋挫剉○禍貨和邏囉擺○簸

揣塌○磨座○穤懦那奈○箇个

皰嗺○課○破○嗺

入聲作上聲　葛割鴿閣蛇○鉢撥跋○脫○抹

渴搞○○攝掇○發粕鐵○鐝括

萬割鴿閣蛇○鉢撥跋○脫○抹

渴搞○

《中原音韻》的入聲已經分別變作了平、上、去聲

到了元代，也就是早期官話[6]的開始，這個弱化的入聲終於結束了它滄桑多變的一生，它的塞音韻尾完全消失了。我們看代表早期官話的一部韻書——周德清的《中原音韻》，把入聲派入平上去三聲，標明「入聲作平聲」、「入聲作上聲」、「入聲作去聲」，正說明了入聲的消失。同時周氏在序言裡說：「音韻無入聲，派入平上去三聲，前輩佳作中間備載明白。」

6　官話方言的分布相當廣闊，除了北方官話，還包含西南官話、下江官話。元代的中國標準話，表現在戲曲及以後的白話小說中，已經和現代官話很接近。可以稱為「早期官話」。

　　從元代開始，雖然全國大多數地區的入聲發音逐漸趨於消失，但東南沿海之言一帶仍舊保留了這個古老的語言特色，至今不變。所以有時候我們用閩南語誦讀中古詩詞韻文，還能夠感受到一些音調鏗鏘的韻味。

　　古代入聲變成了國語的四聲，是否有一定的規則呢？當然有，因為語音的演化往往有其規律性，不是可以任意轉變的。入聲的演化規律可以歸納成下面幾條：

一、　凡是中古清聲母[7]字，其變化不定。

二、　次濁[8]變去聲。

三、　全濁[9]變陽平。

例如下面三列全是入聲字：

一、　郭格谷客，歇脅血泄

二、　莫勿力日月浴

三、　拔別伐舌什合

　　國語唸起來，第一類四聲都有，因為它是全清聲母字。第二類都唸第四聲，因為它是次濁字。第三類都唸第二聲，因為它是全濁字。

　　全濁變陽平只有少數例外，像「特、穴、述、夕……」等，唸成去聲。

　　入聲清聲母雖然變化不定，但全清[10]變第二聲的最多，次清[11]變第四聲的最多。這樣看起來，入聲字國語唸成第二聲和第四聲的佔了絕大多數。

7　清聲母相當於「無聲子音」voiceless consonants，是發音時聲帶不振動的聲母。

8　次濁包含鼻音、邊音等。像國語的ㄇㄋㄌ之類。

9　全濁包括濁塞音、濁塞擦音、濁擦音。國語的全濁音是ㄖ。

10　全清是不送氣的清音。像國語的ㄅㄉㄍㄐㄓㄗ等。

11　次清是送氣清音。像國語的ㄆㄊㄎㄑㄔ等。

　　對於失落入聲的北方人來說，欲辨別入聲字實在是件難事，除了查字典、韻書外，陳伯元先生提出了六個方法供我們參考[12]，下面列出這些方法，做為本文的結束：

　　一、凡國語ㄅㄉㄍㄐㄓㄗ六母若讀第二聲，即古入聲。

　　二、凡國語ㄓㄔㄕㄖ與韻母ㄨㄛ拼合的字，即古入聲。

　　三、凡國語ㄅㄊㄗㄔㄙ五母與韻母ㄚ拼時，即古入聲。（只他、打、
　　　　大三字例外）

　　四、凡國語ㄅㄆㄇㄉㄊㄋㄌ與韻母ㄧㄝ拼合，即古入聲。

　　五、凡國語韻母為ㄩㄝ的，不論聲母為何，皆古入聲。

　　六、凡國語ㄅㄊㄌㄗㄔㄙ與韻母ㄛ拼合時，即古入聲。

---

12 參考陳新雄（伯元）〈如何從國語的讀音辨識廣韻的聲韻調〉一文，《輔仁學誌》第
　　九期，1980年6月。

談齊國的一次洩密事件
──上古音知識的應用

《呂氏春秋》記載，有一天，齊桓公和管仲私下商量攻打莒城的計畫，可是沒過幾天，全國都知道了這個消息。桓公覺得很奇怪。後來，管仲問東郭牙，他才報告說：「上次我望見君王在台上討論軍事行動時，提到攻打的對象，雖然聽不到聲音，我卻注意到君王的口開而不閉，顯然指的是『莒』字。」

讀了這段故事，一定會感到有些疑惑，因為用我們現在的發音，「莒」字（ㄐㄩˇ）的口形並未張開，怎麼說「口開而不閉」呢？原來，上古的「莒」字屬「魚部」，古音學家的研究發現「魚部」字的發音原本是個開口度很大的〔ɑ〕音。下面舉幾個漢代佛經的音譯，和梵文發音作一對照：浮屠＝Buddha、莫邪＝Maya、伊蒲塞＝Upasaka、旃茶羅＝Canadala，這裏的「屠、莫、蒲、茶」都是魚部字，都用來對譯〔a〕音。

「莒」字當時的唸法近似ㄍㄨㄚ，口形是張大的。齊國的這次洩密事件，若不了解古音，就弄不清楚怎麼回事了。

曹大「家」為什麼念ㄍㄨ？

洩密事件和「魚部」的讀法相關，這個問題也和魚部的讀法有關。

東漢班固、班超的妹妹班昭，嫁扶風曹世叔，才學很好，漢和帝經常請她入宮，指導皇后和妃子們讀書，於是宮中的人都尊稱她為

「大家」，其實就是「大姑」的意思。為什麼要用「家」來代替「姑」呢？因為這兩個字的聲母都是「見母」（音 k-），韻部都屬「魚部」，當時都唸作近似ㄍㄚ的音。既然音一樣，書寫成文字時就無所謂用「姑」或用「家」了，同音通假原是當時的習慣。

後世音變了，「姑」和「家」才變成了不同的唸法。今天我們既不能改變古人寫定的字形，就只好更改它的音讀了。因為只有唸成「曹大ㄍㄨ」，才能表現出它原本的含意。

「爸爸」和「父」親

《正字通》說：「夷語稱老者為八八或巴巴，後人因加父作爸字。蜀謂老為波（波的古音和爸近似。）《集韻》說：「吳人呼父曰爸」。另外，「爹」字《廣韻》說：「羌人呼父也」（麻韻），又說：「北方人呼父」（哿韻）。《南史·梁始興王憺傳》說：「荊士方言謂父為爹」。

由以上記載可知古代呼父，基於方言的分布，有「爸」和「爹」兩個系統，夷、蜀、吳叫「爸」，羌、荊、北方叫「爹」。奇怪的是歐美語言稱呼父親也有 papa 和 daddy 兩個系統。也許是雙唇塞音ㄅ（p-）和舌尖塞音ㄉ（d-）是人類語言的基本音，也是小兒學語最先能學會的音，所以無論古今中外稱父親都不外「爸爸」和「爹爹」了。

可是，《說文》沒有這兩個字，《爾雅》釋親也沒有這兩個字，難道上古時代稱呼有異嗎？（魏代的《廣雅》才出現「爸」、「爹」二字）原來，上古的「父」字就唸作「爸」的。這也是「魚部」讀法的問題，「父」字屬「魚部」，韻母是〔a〕，而依「古無輕唇音」的條例，ㄈ的古讀是ㄅ（濁的）。因此，上古稱「父」即是「爸」。

唯之與阿，相去幾何？

　　《老子》第二十章說：「唯之與阿，相去幾何？善之與惡，相去幾何？」成玄英注：「唯，敬諾也；阿，慢應也」。這兩個字同樣是答應人家的口氣，一個是恭敬有禮的回答，一個是傲慢不經心的回答。這種應答的語助詞，意思完全表現在聲音上，你可曾想過，老子時代這兩字的發音如何？

　　下面是各家對這兩個字的擬音：

	董同龢	周法高	王力	李方桂
唯	djwəd	riwər	diwəi	rjəd
阿	·â	·a	ai	·ar

　　分析起來，「唯」字在古韻「微部」，聲母屬「喻四」；「阿」字在古韻「歌部」，聲母屬「影母」。由上面的擬音可以看出「唯」的音素結構比較複雜，開口度較小；「阿」的音素結構比較簡單，開口度很大。有的《老子》註解把「阿」破音唸ㄜ是不對的，既非當時之音，也非現代唸法。

　　你是否能從上面的擬音揣摩出古人應答時的神態呢？

浲水者，洪水也

　　有一次，孟子和他的學生公都子談「余豈好辯」的問題（〈滕文公〉篇），孟子引用了《尚書》「浲水警余」的話，由於「浲水」是個古辭彙，孟子時代已不通行，他就換個常用詞彙來解釋：「浲水者，洪水也」。

這兩個詞今天的唸法不同：一是洚ㄐㄧㄤˋ（古巷切），一是洪
ㄏㄨㄥˊ（戶公切），但是在孟子的時代卻是發音近似的兩個詞，
「洚」念《聲母（國語顎化為ㄐ），「洪」念濁的《聲母（中古「匣
母」，發濁ㄏ，國語變清ㄏ），可知這兩個詞音、義原本相同，是一語
之轉，可以說是一個詞的兩種寫法，只是通行的時代不同而已。

《廣韻》「戶公切」之下也有「洚」字，可知「洚」字還有ㄏㄨ
ㄥ一讀。

「陶」為什要念一ㄠˊ？

又有一次，孟子討論許行「君民並耕」的主張（見〈滕文公〉
篇），提到「舜以不得禹、臯陶為己憂」，一般都把「陶」字破音，唸
為「臯一ㄠˊ」。這是依據《廣韻》「餘招切」的唸法（和繇、遙同
音）。

這個唸法是怎麼來的呢？在《廣韻》以前，有這樣一個例子：在
唐朝的《經典釋文》裏，《詩・王風》「君子陶陶」、《禮・祭義》「陶
陶遂遂」都注音為「遙」。《尚書・舜典》「臯陶」，孔《傳》也注明
「音遙」。顏師古注《漢書》、李賢注《後漢書》、李善注《文選》往
往把「臯陶」寫作「咎繇」，孫星衍《尚書今古文注疏》臯陶下云，
唐以前的寫法皆如此，「臯陶」是後來的寫法。

古人的姓名往往只要求音近，並不講究用哪個字。由「喻四古歸
定」的古音規律，使我們知道屬於「喻四」的「遙、繇」等字古音近
「陶」，所以，寫作「咎繇」，或注音為「遙」，都表示唸作《ㄠ ㄊㄠˊ。
可是，沒想到後世音變了，「遙、繇」由ㄊㄠˊ變成了一ㄠˊ，後人遂
誤以為古人所謂「音遙」是要我們把「陶」破音為一ㄠˊ，這個誤
會，《廣韻》時代就已經有了，所以我們今天只好將錯就錯，念成
「臯一ㄠˊ」了。

血緣相親的「申」和「電」

我們現在把「申」和「電」看作是截然不相關的兩個字，音不同，義也不同。你注意過電信局的標誌嗎？那是個「申」字，也是「電」字，原來這兩個字在形、音、義三方面都是同源的。

本來，「申」的字形是像天空閃電的樣子，後來變得不怎麼像了，於是在上頭加個「雨」來說明其意義。在字音方面，「申」中古屬「審母」，念ㄐㄑㄒ的ㄒ音，上古音近ㄉ、ㄊ，所以黃侃的「古聲十九紐」以之歸入「透母」。韻母方面，兩字都屬「真部」。因此，它們的古讀應當是〔sdien〕（參考本書〈有趣的複聲母〉一文）。

田、陳本一家

清代 段玉裁《說文解字注》
陳也。各本作陳。今正。敶者、列也。田與敶古皆音陳。故以疊韵爲訓。取其敶列之整齊謂之田。凡言田者、卽陳陳相因也。陳陳當作敶敶。陳敬仲之後爲田氏。田卽陳字。段田爲陳也。

段玉裁提到「田、陳」二字的關係

《史記》記載：陳厲公的兒子名陳完，因陳國內亂，陳完逃至齊國（齊桓公十四年），遂定居於齊。他不能再稱舊國號，於是改稱田氏，因為「田、陳」二字古音相近。陳完（田完）的後代子孫成了齊國國王，這就是史籍上所謂的「田氏篡齊」。

「陳」字怎麼會和「田」字音近呢？原來，「陳」字中古屬「澄母」，依據錢大昕「古無舌上音」的規律，上古屬「定母」，和「田」字同聲母，韻部也一樣屬於真部。它們的上古唸法近似〔d'ien〕。

違警罰鍰

　　常有人把「罰鍰」有邊讀邊的唸成「罰ㄩㄢ╱」，如果你告訴他應該唸ㄏㄨㄢ╱，也許他還會懷疑為什麼差這麼多？「援、爰」和「鍰、緩」聲符相同，理應音同或音近才是。原來，ㄩㄢ╱和ㄏㄨㄢ╱都是由上古的一個唸法分化出來的，它們原本並非迥然不同的兩個音。有一條古音規律叫「喻三古歸匣」，意思是說：中古聲母屬「喻三」的字（又叫做「為母」），上古唸法和「匣母」相同。ㄩㄢ╱是「喻三」演化成的，ㄏㄨㄢ╱是「匣母」演化成的。上古它們都唸作〔g（j）uɑn〕。

　　這個音分兩個途徑演化：

　一、失落聲母，ju 發生「唇化作用」變 y（注音ㄩ），主要元音被前面的高元音同化，使舌位升高為 e。這樣，就唸成了ㄩㄢ╱。

　二、聲母轉為濁ㄏ，再轉為清ㄏ，中間不帶 j 介音。於是，就唸成了ㄏㄨㄢ╱。

　　由以上的實例看來，我們讀古籍，上古音的知識的確是不可缺少的，否則只能一知半解，知其然而不知其所以然。聲韻學（古音學）應該是和應用相結合的，怪不得古人要把這方面的知識視為「基礎學科」──「小學」了。

古人伐木的聲音

　　每個讀過《詩經》的人都知道「伐木丁丁」[1]。有一次，見到兩個學生在討論這一句，一個唸「伐木ㄅㄧㄥ ㄅㄧㄥ」，另一個以不屑的口氣指正說：「是伐木ㄓㄥ ㄓㄥ啦，這個要破音，亂不識字！」中國字這麼多，要「識字」還真不容易。「丁」字怎麼會唸ㄓㄥ呢？原來《毛詩》鄭箋、陸德明《毛詩釋文》、朱熹《詩集傳》都在「伐木丁丁」下注明「丁，陟（ㄓˋ）耕反」這樣拼出來的音就是ㄓㄥ。

　　然而，我們進一步想，不禁要懷疑「丁丁」是個摹聲詞[2]，砍伐木頭的聲音應該是個清脆響亮的ㄅㄧㄥ ㄅㄧㄥ，因為它是屬於「塞音」[3]，怎麼會是個軟弱無力的「塞擦音」[4]呢？問題在自古相傳的「陟耕反」上，這個反切注音可以遠溯到東漢。那麼，我們是不是應該考慮東漢人的「陟耕反」到底代表的是什麼音？

　　還好，上古聲母的問題從清代的錢大昕開始就逐漸弄明白了。他曾經證明過「古無舌上音」的條例，知道「陟」在上古是唸作舌頭音的，也就是ㄉ的音。因此、東漢人注「陟耕反」目的在告訴人們「丁丁」應唸ㄅㄧㄥ ㄅㄧㄥ，後來「陟」字的音變了，東漢人萬不會想到

1　見《詩經・小雅・鹿鳴之什》。意思是砍伐木頭發出「丁！丁！」的聲音。

2　摹倣自然界聲音的詞彙，例如雎鳩鳥叫聲「關關」、流水的響聲「活活」、「閣閣」的蛙聲、「喃喃」的細語。

3　塞音是氣流受口腔某兩部分的完全阻塞，當口腔中的氣流壓力夠大時，就從阻塞處衝出。帶爆發的氣勢。例如國語的ㄅㄆㄉㄊㄍㄎ都是此類。

4　塞擦音是氣流到口腔，先受某兩部分的阻礙，等要出來的時候緩慢的離開，從狹縫裡摩擦出來。國語的ㄗㄘㄓㄔㄐㄑ都是此類。

後人竟拿變了質的「陟」去唸「丁」。如此看來，唸作ㄓㄥˋ ㄓㄥˋ反而
成了「亂不識字」了！

　　由這個例子，我們很可以對書攤上「破音字大全」一類的書，作
一番徹底檢討。很多學生看了這類書，第一個心得恐怕都是「嘖嘖！
原來是這麼唸，怎麼一向都沒注意！」這種書的作者的確花了不少功
夫從古書裏蒐羅各種奇奇怪怪的「破音」，字字看來都有根據。但
是，我們面對古書中「甲音乙」[5]這樣的「根據」時，總會直覺的用
現代國語的唸法把「甲」唸成「乙」。如果和通行的唸法不同時，就
把它歸入「破音字」。很少人會考慮到下面幾個問題：

（1）古人並非每個都是聖賢，他們和今人一樣，也有弄錯的可能。
　　　易言之，這個古怪的讀法也許原本就不該有的。

（2）就算沒弄錯，古書流傳既久，版本不一，其間是否有傳抄錯誤
　　　的可能呢？

（3）如果傳抄不誤，我們也應該考慮這個音是否可以代表一個普遍
　　　的讀法？古代交通不便，方言歧異尤甚於今，這個音是否可能
　　　只是個一時一地的方音而已？

（4）如果以上都沒問題，我們是否還被應考慮到古今語音不同的問
　　　題？「甲音乙」只是說明了在注音當時甲的唸法和乙相等。在
　　　國語裏，甲未必等於乙，因為經歷一段時日後，甲的唸法會
　　　變，乙也會變。

（5）古書中的「甲音乙」，我們用國語唸時不能真以為把甲唸作乙
　　　就成了，至少應該想到有三種可能性：（1）也許甲唸作乙；

5　古代沒有注音符號、沒有音標，他們的注音方法都是用漢字注漢字。例如陸德明
　　《毛詩釋文・齊風・雞鳴》：「妃音配」。〈齊風・著〉篇：「縣音玄」。〈盧令〉：「樂
　　音洛」。〈秦風・駟驖〉：「拔，蒲末反」、「射、食亦反」、「種、章勇反」。

（2）也許乙唸作甲；（3）也許在國語裡既不唸甲也不唸乙。因為「甲音乙」只代表了古代兩個字的發音關係，它不是音標，音標不會變，「字」音卻隨時空而轉移。

這個道理好比是媽媽買的兩顆橘子，黃澄澄的一模一樣放在櫃子上。過了三天，其中一個受潮變了質，上面長滿了綠絨絨的菌絲，小弟弟跑進來看到了，興奮的去告訴媽媽：「我知道了，橘子有兩種，一種橙色的是平常我們吃的那種，一種是表面長了綠毛的！」語音的被割裂也常是這樣的，其道理何嘗有異？

我們再舉幾個例看看。有人說「忠告」要唸作「忠《メˋ」，告字的確有號韻、沃韻兩個唸法，前者唸《ㄠˋ，後者唸《メˋ。但是由《經籍纂詁》[6]中，我們知道這兩個音都有「示也、語也、請也」的意義。所以「告」的兩個音完全是古代方言的緣故，這兩音並無區別意義的作用。在同一個方言系統裏，兩讀不並存，我們憑什麼在國語裏硬加分別呢？有人說「女紅」要唸作「女《メㄥ」，原來是《史記》文帝紀的「大紅小紅」，東漢的服虔曰：「當言大功小功」，《漢書》酈食其傳：「紅女下機」顏師古曰：「紅讀曰工」。我們是否應先了解一下古書訓釋體例「當言」和「讀曰」的意義？它和用來注音的「直音」是兩回事[7]。而古代「紅」和「功、工」的語音關係又是如何呢？「紅」在中古叫做匣母字，它在東漢根本是個塞音（見 W. S. Coblin「《說文》讀若聲母考」，JCL, 1978），和「功、工」同類（也是塞音）。因此，古人的本意並沒有教我們把「女紅」要唸成破音字[8]。有

---

6 清代阮元著。蒐羅了每個字在古書中不同的意義和用法，有字典的性質。

7 「當言」、「讀曰」是表示通假的意思，目的在告訴我們本字是哪個。音近的字都可以相通假，不必音同。「直音」是一種注音方式，所以兩字必屬同音。

8 參考本書〈再談女紅的讀音〉。

人說「龜裂」要唸作「ㄐㄩㄣ裂」，在《莊子‧逍遙遊》中有「不龜手之藥」，陸德明的《釋文》收了好幾個唸法：愧悲反、舉倫反、居危反。韻母不同，是方言的關係，聲母都唸見母（音ㄍ）。其實我們唸「ㄐㄩㄣ裂」是另外一字「皸」。我們不能因為反切上字「舉、居」今天音變成ㄐ類，就硬要把唸ㄍ的龜也跟著改讀。否則就本末倒置，喧賓奪主了。有人說「宰我」要唸作「宰ㄜˇ」。其實，ㄜ這個韻母（舌面後展唇中元音）是近世才產生的，明朝以前根本沒這個音，何古雅之有？一點都沒有要破讀的理由。

　　破音字實在不應鼓勵，更何況許多「破音字」是來自人們對古音知識的欠缺。如果我們把古書中每一個時代每一個地方的音都找出來，那麼破音字還可以增加十倍二十倍，每個字都可以有好多不同的讀法。所以我們只能承認社會上已經相沿成習的那些區別，像「銀行」「行為」、「乾坤」「餅乾」……，其他奇奇怪怪的破音都可以免了。現在的學生負擔已經夠重了，君不見那些戴著大眼鏡、揹著大書包、拎著便當盒的孩子，如今還要他們記誦一批批被任意割裂的字音，多殘忍！

　　一個字平常怎麼讀，羣眾怎麼讀，我們還是怎麼讀，讓字音不受名（提出別人不知的唸法以示淵博）、利（出本厚厚的破音字參考書收取版稅）的汙染，伐木的聲音終究是伐木的聲音，它是無法調整改變的。

　　後記：本文討論「丁丁」的問題，主要論點在強調聲母並沒有理由要破音為ㄓ，唸作ㄓ是誤解了原注者的意思。至於韻母，因為反切下字是二等的「耕」，國語也許該唸ㄉㄥ，而非ㄉㄧㄥ。易言之，原注者也許本意在表明，由於擬聲之故（伐木聲），原本唸細音的丁破音作洪音的ㄉㄥ更為近似。但也有可能唸為洪音二等的「陟耕反」和唸為細音四等的「當經切」只是古代方言的差異。

　　儘管「丁丁」唸ㄓ聲母是源於誤解，今天唸ㄓ已經成了習慣，我們還是得尊重習慣。本文的目的只在探討這個字今日之所以破讀的原委，辨明其所以然。同時，對其他因不明語音源流而勉強讀破音的字，重新加以評估。

高本汉	těŋ	ⅩⅧ/22 部	李方桂	triŋ	耕
王力	teŋ	耕	白一平	treŋ	耕部
郑张尚芳	rteeŋ	耕部	潘悟云	rteeŋ	耕部
反切	中莖				

丁字的各家擬音

華視「每日一字」音讀商榷

　　華視的「每日一字」節目自民國七十年開始播出，其影響力既深且遠，觀眾老少咸宜，對社會教育的貢獻早已受到大眾的肯定。

　　中國文字不同於歐美的拼音結構，是世界上最獨特的文字，又經歷了數千年的演化變遷，故形音義的錯綜性相當複雜。華視開闢本節目，針對日常用字形音義的種種問題，做了深入淺出的剖析和介紹。不過，其中也有一些讀音的問題，值得提出討論。茲根據華視所出版的《每日一字》專書前五輯[1]，略述所見於後，以就教於博雅君子。

　　第五輯一三〇頁「鎩」字注為ㄕㄚ，並舉「鎩羽而回」為例。依《每日一字》的體例，一字有異讀者往往列出，此字另有ㄕㄞˋ一讀，卻遺漏未列。《中文大辭典》、《辭海》皆以ㄕㄞˋ音建首，視ㄕㄚ音為又讀。《增補國音字彙》（開明）列「鎩羽而歸」於ㄕㄞˋ音內，也以ㄕㄚ為又讀。學生在學校裏學的是ㄕㄞˋ，讀《每日一字》見到的卻是ㄕㄚ，難免會無所適從。

　　一字兩讀者，《每日一字》的體例是取較普遍的一音注於字旁，而較不常見的一音則附列在說明裏。例如「宿」旁注ㄙㄨˋ而不注ㄒㄧㄡˇ，「革」旁注ㄍㄜˊ而不注ㄐㄧˊ，「還」旁注ㄏㄨㄢˊ而不注ㄒㄩㄢˊ。但偶有幾條卻採用了一個不大通行的音，也容易讓學習的人產生疑惑。例如「罟」旁注ㄇㄥˇ（第二輯52頁）、「賁」旁注ㄅㄧˋ（第二輯260頁）、「鑰」匙音ㄩㄝˋ匙（第二輯50頁）、鬆「弛」旁注ㄕˇ（第四輯66頁）、「肉」旁注ㄖㄨˋ（第四輯120頁）、「漱」口旁注

1　《每日一字》第五輯1982年6月由華視出版社出版，電視主播李艷秋等。

ㄙㄡˋ（第四輯，194頁）……。諸如此類，似宜依全書體例和社會習慣，以通行的音為主，注於字旁，冷僻的音可以列在附注中。

第二輯八十頁「滑稽」下云：「滑是亂的意思，稽是同的意思，一個口才便佞的人，能夠說非成是，擾亂同異，也叫做滑稽。」顯然作者誤解了「滑稽」一詞的特性，它原本是個雙聲連緜詞，而構成連緜詞的兩個字是不能分開解釋的，它和「合義複詞」──結合兩字的意義而形成的複詞不同，所以在文法上稱之為「衍聲複詞」。它在語言中已經是一個最基本的意義單位，二字間的結合全是聲音的關係，不是意義的關係，絕非「滑加稽等於滑稽」，這是我們認識中國語詞不可不知的。譬如「玻璃」、「葡萄」都是此類。我們能說「玻璃」是「玻」和「璃」的意思組合成的嗎？「葡萄」是由「葡」和「萄」的意思組合成的嗎？以前有人把連緜詞「窈窕」分開來解釋，說「窈」是善心（內在美），「窕」是善容（外在美），其實《詩經》毛傳明明說：「窈窕，幽閒也」，不曾誤拆緜綿詞。也有人把「狼狽」謅成了兩種動物朋比為奸的故事，說說好玩可以，卻不能當真的把童話故事和語文知識混為一談。這是對連緜詞認識不夠造成的。更何況「滑」釋作「亂」時，根本不必唸ㄍㄨˇ音（見《廣韻》沒‧戶骨切）。

《每日一字》「滑稽」下又云：「我國文字中異音歧義的字很多，用什麼解釋就該用什麼音才對，譬如『校長』能唸ㄐㄧㄠˋ　ㄔㄤˇ嗎？『會計會議』能唸成ㄏㄨㄟˋ計會議，或ㄏㄨㄟˋ計ㄎㄨㄞˋ議嗎？如果覺得這樣唸是不對的，為什麼要把ㄍㄨˇ稽唸成ㄏㄨㄚˊ稽呢？因此，我們要強調的是……應該唸ㄍㄨˇ才對。」筆者認為用「校長」、「會計」、「會議」來比喻「滑稽」，是不恰當的，因為前者的破音是存在於活語言中，後者之讀為ㄍㄨˇ是考古而來的、是理論上的。古書確曾在「滑稽」的「滑」字下注明「音古」，但是，為什麼古書要這樣注，我們是否先要弄明白？「滑」字從「骨」得聲，

本來就有類似《ㄨˇ的音。《廣韻》黠韻滑字戶八切，匣母，依高本漢、李方桂擬訂，上古本來唸濁的《聲母。到了後世音變了，變成了ㄏㄨㄚˊ。但是，「稽」字呢？古人唸的是《一音，古代學者了解「滑稽」本是個雙聲連綿詞，兩字的聲母要一致，所以要把發生音變的時代較早的「滑」ㄏㄨㄚˊ，字注明「音古」，使得「雙聲」的特性仍舊能夠表現出來，這完全是為了遷就「稽」《一音而設的。可是，今天國語的「稽」已經變為ㄐㄧ，還要把「滑」ㄏㄨㄚˊ改讀成《ㄨˇ，豈非食古不化？要嘛，全按舊音《ㄨˇ《一，要嘛，全按現在的標準唸ㄏㄨㄚˊ ㄐㄧ，如果你把它唸《ㄨˇ ㄐㄧ，不是半古半今，不倫不類嗎？

第二輯八十四頁「瑰」字下云：「瑰，國語注音是《ㄨㄟ，一聲歸，千萬不可唸成《ㄨㄟˋ，四聲貴。」其實，這個字本應有兩讀：一、音《ㄨㄟ，作「玉名」解，如「瑰麗」、「瑰寶」；二、音《ㄨㄟˋ，作「花名」解，如「玫瑰花」這種分別明載於《康熙字典》、《中文大辭典》、《大學字典》中。特別是「玫瑰花」之唸為玫《ㄨㄟˋ花，不但早成為一般的社會習慣，還可以遠溯至明代（見明張自烈《正字通》）。目前少數字典誤注成玫《ㄨㄟ花，是由於《辭海》「瑰」字下不錄「花名」一義，所以無需《ㄨㄟˋ一讀，本不算錯，但是其他字典編輯時輾轉參考的結果，只見《辭海》《ㄨㄟ一音，又以為《辭海》遺漏「花名」一義，於是在《ㄨㄟˋ音下自作聰明的多加了一項「玫瑰花」，於是產生了「玫《ㄨㄟ花」的誤讀，又經少數人的刻意「糾正」，使學習的人反而無所適從了。

第二輯一二六頁「厠」所音ㄘˋ所，並強調「不可唸成ㄘㄜˋ」。「厠」字《廣韻》見於志韻初吏切，本有ㄘˋ一音，但是後來受「測、側」ㄘㄜˋ等字的影響，因字形近似而發生類化作用（Analogical Change），音變為ㄘㄜˋ了。我們不能也沒有必要拒絕承認語音上的這

種自然演化，因為它是在廣大的羣眾口中造成的，如果我們一定要恢復其本讀，那麼，「恢」就得唸ㄅㄨㄟˋ「側」就得唸「ㄗˋ」、「溪」就得唸ㄑㄧ、「熒」就得唸ㄒㄧㄥˊ、「荀」、「痊」都得唸第一聲……。這樣，勢必造成語音的混亂，因為今天國語中由於類化作用而造成的音讀太多了，何暇一一「返古」呢？所以仍以唸「厠ㄘㄜˋ所」為宜。

受字形影響而造成語音上的類化是漢語音變的一個獨特方式，我們今日無法靠任何力量把已經通行的唸法來個全面返古。對於社會大眾的語音習慣能持一種較寬容的態度，不但不會造成絲毫損害，反有助於避免語音的紛雜混亂。我們可以拿這樣的觀念看下面的例子：

第二輯二四八頁「孿」字注為ㄌㄩㄢˊ，可是實際語音已受「鸞、彎、巒……」等字的類化，變成ㄌㄨㄢˊ了。如果你說：「他倆是ㄌㄩㄢˊ生兄弟」，恐怕很難聽懂。第一輯三十六頁「拚」字注為ㄆㄢˋ，而實際語音已受「拼、姘……」的影響變成了ㄆㄧㄣ。如果你說：「他ㄆㄢˋ命的往前跑」，是否覺得很怪呢？第一輯一〇八頁「捐」字注為ㄑㄧㄢˊ，可是實際音讀已受聲符「肩」的類化。如果你說：「他是個ㄑㄧㄢˊ客」，你會了解嗎？第五輯一六二頁「町」字注為ㄊㄧㄥˇ，實際語音也受了聲符「丁」的類化。如果你說：「我們到西門ㄊㄧㄥˇ逛逛」，別人一定會誤會你五音不全。第三輯二〇二頁「褪」字注為ㄊㄨㄣˇ，實際音讀受到聲符「退」的類化。如果你說：「這件衣料包不ㄊㄨㄣˇ色！」聽的人也許還得再問一遍。第四輯一五二頁「癇」字注為ㄒㄧㄢˊ，實際音讀受了聲符「間」ㄐㄧㄢˋ的類化。如果你說：「醫生診斷他患了癲ㄒㄧㄢˊ症」，也許會被誤會成另一種病。[2]語音是約定俗成的，大多數人已統一成某一唸法時，這

2　以上的音讀參考民國七十六年書完稿時的調查。近三十多年來，社會音讀又有被拉回到『正讀』的趨勢，說明語音演化，受兩個力量的拉扯，一是依照中古以來的正讀，一是形聲字聲符『重新被賦予了注音功能』，這兩個力量在音變過程中，互有

個唸法是否應該受到承認呢？事實上，我們探討古音的目的不在「返古」，而在於使我們不泥古。除非那個改變了的讀法只存在少數人口裡，像把「酗」唸成了「凶」、把「蠕」唸成「儒」、把「踝」唸成「棵」、把「贗」唸成「贋」，當然是應該糾正的。

第三輯一三五頁「莓」字下云：「莓是植物名，如草莓。俗寫作苺字，不妥。因為這個苺字是專指青苔而言。」但是，據《康熙字典》：「苺，馬苺也（引《說文》）；即覆盆草（引《類篇》）。」「莓，草名（引《類篇》）；蒯山莓，今之木莓也（引《爾雅》注）；草實，亦可食（引《齊民要術》）；苔也（引《韻會》）；莓《說文》作苺。」可知兩字相通，若非分不可，應是通行的「莓」字才是「可食」的草莓。「莓」的「苔也」一義只是個晚起（《韻會》是元代的書）且偏僻的（《康熙字典》附在最末）意義而已。

第三輯二二六頁「蛻」皮注ㄕㄨㄟˋ，指「蟲類脫皮」，小注說唸ㄊㄨㄟˋ是蟲類所脫下來的皮。換句話說：唸ㄕㄨㄟˋ是動詞，唸ㄊㄨㄟˋ是名詞。又說：「一定要先看看這詞含義何在？然後才能決定這一個蛻的讀音。」但是，這樣的分別，在日常習慣中是不存在的。是否過去曾有這樣的區別？我們看《廣韻》的注音有一、音稅，蛻皮也（見祭韻）。二、音退，蛇易皮（見泰韻）。三、音唾，蛇去皮（見過韻）。四、音悅，蟬去皮（見薛韻）。由古代的這四個唸法，可知原本也沒有動詞、名詞的不同。我們又何必強作分別，自尋困擾呢？如果《每日一字》的目標在強調字音的分歧，那麼，是否還遺漏了另外兩個唸法呢？

起伏。參考以下三篇拙著：〈漢語音變的特殊類型〉，《學粹》第16卷第1期（1974年3月），頁21-24，〈宋代語音的類化現象〉，《淡江學報》第22期（1985年3月），頁57-65、〈《韻籟》聲母演變的類化現象〉，北京大學漢語語言學研究中心編：《語言學論叢》第29輯（北京市：商務印書館，2004年10月），頁129-144。

　　第二輯二四〇頁「從」字分為四個唸法，除了「服從ㄘㄨㄥˊ」、「從ㄘㄨㄥ容」合乎社會習慣外，「侍從ㄗㄨㄥˋ」、「從ㄗㄨㄥ橫」（此字已有「縱」代替）都是不需要的。事實上，一般都唸「侍從ㄘㄨㄥˊ官」。如果必要求異，則上述四音猶有未盡，依《康熙字典》，另還有ㄗㄨㄥˋ、ㄗㄨㄥ、ㄓㄨㄛˊ、ㄙㄨㄥˋ等唸法，是否也應一一辨別呢？第三輯一三三頁「告」字，在「忠告」裡注云：不可唸成ㄍㄠˋ，要唸ㄍㄨˋ。這樣的分別是否也有必要呢？《康熙字典》「告」字的唸法共有十一種，是遵照社會習慣只保留一個ㄍㄠˋ呢？還是徹底一點，把這十一種唸法都加以辨別呢？

　　第二輯一三〇頁「敦」字音「敦ㄊㄨㄣˊ煌」，認為「一般人多把它唸成『ㄉㄨㄣ煌石窟』，這是不對的。」然而，考之《廣韻》，「敦」並無ㄊㄨㄣˊ一音，《集韻》雖與「屯同列，視為同音，但小注云：「大也，一曰敦煌，郡名。」所謂「一曰」，表示這個唸法並不普遍，只是丁度所聽到的一個異讀而已。所以「ㄊㄨㄣˊ煌」也者，根本是古代一時一地的方音，一個早已「死亡」的音讀，怎能把它從墳堆裡挖出來，要今日的天下人都一致遵從呢？

　　第三輯一二四頁「食」字，在「簞食壺漿」中注為ㄙˋ，並強調不可唸成ㄕˊ。但ㄙˋ音通常作動詞，ㄕˊ音才作名詞用。這裡的「食」是「一簞食物」，和下面「一壺水漿」的意思平行，無疑是個名詞，怎會不唸ㄕˊ呢？

　　以上所舉，只是個人閱讀《每日一字》的一點心得，隨手記下，或有不周之處，尚祈賢達提出指正。語音問題和社會人生有不可須臾相離的密切關係，從事語文教學的，應該有個一致的看法，才不會使青少年學生不知所措，無可遵循。筆者希望再不要讓孩子們感到社會習慣是一個唸法，電視上看到的又是另一個唸法，諸君以為然否？

跟語言大師說話
——訪李方桂先生

　　李方桂先生是舉世聞名的語言大師，他和趙元任先生都是中央研究院第一屆院士，他們都在世界語言學界享有崇高的聲譽，他們在語言學上的成就和貢獻，是中國人的光榮。

　　李先生出生於一九○二年，山西昔陽人。十九歲入清華學校習醫，二十二歲赴美深造，入密西根大學，由醫學轉入語言學。畢業後再入芝加哥大學攻讀語言學，在語言學泰斗沙皮爾（Edward Sapir）和布魯非爾德（Leonard Bloomfield）的指導下研究印第安語言，二十六歲獲得語言學博士學位。學成歸國，為中央研究院羅致，和趙元任、陳寅恪、羅常培等，成為中國現代人文科學的拓荒者。一九四六年，李先生赴美任教於哈佛大學。後來又為耶魯大學、華盛頓大學、夏威夷大學爭相延聘。

　　李先生的學術成就除了印第安語言、藏語外，在侗台語（Tai Languages，分布於泰國、寮國、北越以及中國西南地區的語言）方面更是舉世第一人[1]。他在一九三○年以後的十多年間，跑遍了整個侗台語分布地區，從事語言調查與研究的工作，同時發表了許多有關侗台語的論文。這是世界上任何語言學家所無法比擬的。一九七七年李先生完成了一部有關侗台語的集大成之作：《比較台語手冊》（*A Handbook of Comparative Tai*），成為漢藏語言學極重要的典籍。大英

---

[1] 侗台語亦稱台語、壯侗語。包含廣西的壯語、貴州的布依語、雲南的傣語、海南的黎語等。

百科全書「台語」（Tai Languages）一條就是由李先生執筆撰寫的，由此可知李先生的權威性。

在漢語研究方面，一九七一年李先生發表了〈上古音研究〉一文（見《清華學報》新九卷，一、二期合刊），提出許多具有啟發性的見解，為古漢語的研究開闢了一個新局面，是現代研究語言、聲韻的學者不能不讀的著作。一九八七年八月二十二日深夜李先生因中風病逝美國舊金山，享年八十六歲。

李先生於一九八六年八月回國參加中央研究的院士會議，筆者應《國文天地》雜誌社的委託，作了這次訪問，在半個小時的談話中，深深感受到了一位前輩大師的儒雅風範和親切和藹。下面是談話的內容。

竺：先請教李先生這次到台北來，除了參加院士會議之外，還有些什麼活動和計畫？

李：沒有別的計畫，主要就是開院士會議，選舉新的院士，以及一些個演講等等閒雜的事情。年紀大了，也不大演講啦（李先生爽朗的笑起來），可以休息一下啦，就這麼一點簡單的事情。

竺：李先生早年是學醫的，後來才改學語言，其間有沒有什麼特別的原因呢？

李：做為學生，中途改變興趣的很多，往往也並不是有什麼真正的理由。有時就是忽然間有一位老師講課講得很有意思，讓你感到趣味盎然，那你就換了方向。比方說學生物的改學化學，學化學的改學生物、農學，一點理由也沒有，就是臨時的改變了。

竺：李先生對印第安語很有研究，根據人類學家的說法，印第安人是
　　由亞洲遷移過去的，如果從語言的觀點看，印第安語和亞洲的語
　　言是不是可以找出任何關聯呢？

李：我想到現在為止，印第安的語言和亞洲的語言還是看不出有任何
　　關係。除非沿著北極海的一些愛斯基摩人，有些在亞洲，有些在
　　美洲，除了這些人之外，別的多半都找不出任何歷史上的關係。

竺：印第安語和愛斯基摩語有關係嗎？

李：現在也看不出來。在美洲的印第安語有很多種，沒法子把它們聯
　　繫起來，就如同在亞洲的語言一樣，亞洲語言也有很多種，也不
　　能夠聯繫起來。所以兩方面也很難聯在一塊兒的。

竺：印第安語言有很多種，它們是不是都同一個來源呢？

李：目前還不能完全把它們聯繫起來，就如同中國的語言一樣，有很
　　多種，也不見得完全能把它們聯繫起來，美洲的情況，也是如此。

竺：派克的《聲調語言》（*Kenneth L. Pike, Tone Languages*, 1948）一
　　書提到南墨西哥的Mixteco語也有聲調，和我們漢藏語的聲調是
　　否類似呢？

李：事實上世界上有聲調的語言還不少。不但在墨西哥，就是北美洲
　　的語言也有帶聲調的這一說。不過聲調的情形不一樣，有的比較
　　簡單，有的比較複雜。那麼，世界上用聲調的問題，也就是所謂

發音高低的變化，不止在亞洲有，美洲有，非洲也有。這是一個很普遍的現象，不能因為這樣的現象而認為某些美洲語言和亞洲語言有關聯。

竺：李先生對侗台語很有研究，它在漢藏語族裡應佔有怎樣的位置？有些語言學家，比如班尼迪（Benedict）卻把侗台語排除在漢藏語族之外，李先生的看法如何？

李：我想這個問題各人有各人的看法，究竟誰對誰不對一時還很難決定。這個問題除了我自己發表過的一點意見之外，我也向來不去爭辯，說是你的對我的不對，我認為這並不重要，重要的是我們先要弄明白侗台語是怎麼樣的，或者別的語言是怎麼樣的。

竺：侗台語和漢語有許多相對應的詞彙，它們是由於文化的接觸而產生的借詞呢？還是可以看作是同源詞？

李：這方面的看法不一樣，有人認為是借來的，也有人認為這些詞彙具有歷史上的關係，不是這麼隨隨便便就借來的。各人的看法不完全一樣。

竺：對於兩個語言中有許多詞彙類似，我們有沒有什麼規則可以去判斷它們是同源，還是借用？

李：這個問題很難說。因為中國的文化相當古老，對於亞洲國家有很多語言上的影響，例如高麗、日本、越南都受漢語的影響。日本就用很多的漢字，高麗、越南也是一樣，這些都是中國文化推廣的結果，不能因為漢語和有些日本話一樣，就說兩者是同文同種。

竺：中國西南地方的語言有一種「侗語」，為什麼英文譯寫成Kam
　　Language？是否「侗」和Kam有語音上的關係？

李：Kam 是當地人自己稱呼的名字，「侗」是漢人給他們的稱呼，其
　　間也許有關係，也許沒有關係。比方說，廣西有「壯族」，他們
　　自己並不叫「壯」，是漢人稱他作「壯族」。世界上各語言的情況
　　也往往如此，有的是本族自己的稱呼，有的是別人給他的稱呼，
　　其間往往很難決定。廣西的「壯語」我們知道是台語的一種，但
　　是我們不知道這個名稱是怎麼來的，什麼時候有的，至少我沒研
　　究過這個問題。

竺：目前國內有志於聲韻研究的年輕人不少，可否請先生談談，從事
　　這方面的研究，應具備怎樣的條件和基礎，或者應該從什麼方面
　　去努力？

李：臺灣現在也有很多很好的研究語言的人才，尤其是研究漢語方言
　　的，所以想要從這方面好好研究，我想應該會有成就。問題就
　　是，臺灣的環境對這方面研究沒有什麼人去提倡，臺灣現在什麼
　　都是講科技，年輕有為的人很多都研究科技去了，很少人願意研
　　究這些東西，這是很可惜的。但是，還是有人可以去指導年輕人
　　走入這個方向，尤其現在還有一批人，像是竺先生，對這個方面
　　還是很有興趣。

竺：個人在這方面的興趣主要還得感謝先師許詩英先生的導引。

李：許先生講課講得非常之好，聲韻學是很不容易教的一門課。

竺：從事聲韻或「古音」的研究，是否應該具備方言學的基礎，先從
　　方言的認識上著手？

李：這點各人的看法不同，現在研究中國方言的人很多了。「古音」
　　的問題是另外一個問題，和方言沒有太大的關係，現在方言的情
　　形，都是可以推到切韻為止。「古音」是從切韻時代再往上推，
　　其中就包括了一種語言學上訓練的問題。那就是我們要知道語言
　　變遷的趨勢、語言變遷的情形，這是一種在聲韻學上的基礎知
　　識。這方面一定要有很好的訓練，才能夠不至於走入歧途。

竺：如果我們從事上古音的研究，對漢藏語言的了解是不是一條比較
　　新的路，值得去嘗試？

李：談到上古音，中國有很多資料可以幫助我們研究上古音。一方面
　　中國有古代的押韻，一方面也有諧聲字。從它到切韻的演變情
　　形，我們也可以推測出來，所以，由切韻時代的語音推到上古
　　音，並不太困難。但是，一定要有語言歷史的訓練、經驗才可以
　　做。也有一些問題不是容易解決的，需要別的語言，例如西藏
　　語，或者別的漢藏語言的資料來給我們一個更好的論證基礎。不
　　過，現在臺灣研究古音的人，對於漢語以外的漢藏語言知識都很
　　有限，很少人專門去搞這個東西，希望將來能有人更進一步去研
　　究這類東西，然後跟漢語的古音打成一片，一定會有很多好處。

竺：李先生在〈上古音研究〉裡，把陰聲韻部的字都擬構為帶濁塞音
　　韻尾，這樣就使得上古的韻母系統都成了閉音節，也有人認為閉
　　音節的語言是不可能的事，李先生對世界各語言的了解很多，像
　　這種閉音節的情況是否可能存在於實際語言裡呢？

李：有，而且很多這樣的例子，這樣的上古音不是不可能的。至於上古音裡的閉音節字，究竟哪些是濁音啦，清音啦，這個大半還是猜測的，這倒不是個重要的問題。對於上古音的看法，有些看法是重要的，有些看法我們認為就是這麼一回事，你說它是濁音、不是濁音，都是沒有證據的。把它標寫成濁音，它未必真的就是一個濁音，它只代表解釋的一個辦法。

竺：現代語言學上，有很多人對Chomsky的變換律語言學很有興趣，李先生認為這方面是不是也是我們值得去研究的一個方向呢？

李：國內的學者也很少有人去研究 Chomsky 的語言學，不過，主要還是文法的問題，在音韻學上還很少人去做，這個也是將來可以發展的一個方向。究竟將來會發展到什麼樣的情況，目前還不能夠知道。在美國方面也沒有人做進一步的研究，主要還都是語法上的研究。我們這兒也有很多人運用 Chomsky 的理論去研究語法問題，這是很好的一個趨向。

竺：也有學者利用Chomsky的distinctive feature去做古音的描寫。

李：這個不成問題，這是分辨語音的一個主要的標準，我想，無論你用什麼樣的方法，都避免不了牽涉這方面的問題。

竺：最後請教李先生近年來的研究情形和計畫。

李：我現在年紀太大了，根本沒有計畫，就是偶爾寫寫短篇的文章，提出一些自己的淺薄意見，如此而已。真正要做大規模的研究，

已經是時不我與了……（李先生開朗的笑著）。

竺：李先生一九七一年〈上古音研究〉發表以後，一九七六年又有一篇文章做了一些見解上的修正，往後是否在上古音系統上還有一些新的看法？

李：後來也寫過幾篇文章，但是對上古音系統上沒有什麼重要的改變。

竺：謝謝李先生在百忙中能接受訪問，給了我們很多寶貴的指教，謝謝。

一九八六年八月七日於臺北圓山飯店

1986年筆者與李方桂先生的訪談

再談「女紅」的讀音

《國文天地》創刊號〈古音之旅——古人伐木的聲音〉一文中，竺家寧先生談到「女紅」的讀音，能否再請竺先生說明清楚一點？「當言」「讀曰」的真正意義是什麼？和「直音」有什麼不一樣？（桃園·曾淑媛）

　　淡江大學中文系副教授竺家寧答：關於「女紅」的唸法，牽涉到「破音字」的觀念問題，筆者的看法是字音在合理的範圍內，不要使它變得太複雜。許多「破音字」事實上是不必要的。「女紅」仍以唸「女ㄏㄨㄥˊ」為妥。

　　《史記·文帝紀》裡提到「服大紅十五日，小紅十四日」，東漢服虔注說：「當言大功、小功。」《漢書》酈食其傳的「紅女下機」唐顏師古注說：「紅讀曰工」。

　　這裡的「當言」、「讀曰」都是用來表示通假的。段玉裁曾說：「凡傳注言讀為者（讀曰和讀為意思一樣），皆易其字也。就是說，古籍裡有時換個字用用，而不用本字。所換的字不必同音，只要音近即可，如《曲禮·注》：「扱讀曰吸」、「繕讀曰勁」、「綏讀曰妥」，《周禮·杜注》：「帝讀為奠」、《儀禮·鄭注》：「牢讀為樓」等。這裡要注意的是，所謂「音近」是指古音，不是國語。

　　至於「直音」，是古人的注音方式，古人沒有注音符號，要告訴人家這個字怎麼唸，最簡便的方法就是找個同音字注在下面。例如《九經直音》：「焉音煙」、「朝音昭」、「鞭音邊」、「弋音亦」等。直音

絕對要同音，不能只是音近。和讀曰的基本作用也不一樣，一個注音，一個表通假。

現在回到「女紅」的問題上來。「紅」和「功、工」在漢代發音近似，不但韻母相同，聲調相同（都是平聲），聲母也都是舌根塞音（只清濁有別），所以它們可以通假。原本並不表示「紅」有ㄏㄨㄥˊ與ㄍㄨㄥ兩個音，古人也沒有要我們唸破音的意思。

但是，到了今天，「紅」和「功、工」的音變得不很類似了，這才牽涉到該依哪個音唸的問題。（如果沒有必要分別的音，我們又何需庸人自擾呢？要知道，像這種通假的情況，在古書中觸目皆是，把這類字都當作破音處理，那麼我們的字音就會複雜許多。舉個例說：「幾」字可以假借為「圻」、「祈」、「豈」、「冀」、「既」、「訖」、「期」；「假」字可以假借為「固」、「姑」、「格」（見高本漢《先秦文獻假借字例》）。那麼「幾」和「假」是否也該有這麼多的唸法呢？「扶服」就是「匍匐」，是否「扶」也要唸成「ㄆㄨˊ」呢？「田完」就是「陳完」，是否該把「陳」唸成「ㄊㄧㄢˊ」，還是把「田」唸成「ㄔㄣˊ」呢？當然，這是沒有必要的。所以，寫成「女紅」，我們就唸「ㄏㄨㄥˊ」，要是寫成「女工」，我們才唸女「ㄍㄨㄥ」（這個音反而易生誤會，聽來像工廠的女作業員）。

至於有一種情形，不是「倉卒無其字」的通假，而是古今字的區別，例如「女」就是「汝」、「責」就是「債」、「說」就是「悅」……等，我們還是要把「女、責、說」唸成「汝、債、悅」。因為它們根本是同一個字（「女、責、說」是「汝、債、悅」在不同時代的不同寫法），和通假在性質上是不同的。

語言文字叢書 1000009

古音之旅 修訂再版

作　　者	竺家寧
責任編輯	吳家嘉
特約校稿	林秋芬

發 行 人	林慶彰
總 經 理	梁錦興
總 編 輯	張晏瑞
編 輯 所	萬卷樓圖書股份有限公司
	臺北市羅斯福路二段 41 號 6 樓之 3
	電話 (02)23216565
	傳真 (02)23218698

發　　行	萬卷樓圖書股份有限公司
	臺北市羅斯福路二段 41 號 6 樓之 3
	電話 (02)23216565
	傳真 (02)23218698
	電郵 SERVICE@WANJUAN.COM.TW
香港經銷	香港聯合書刊物流有限公司
	電話 (852)21502100
	傳真 (852)23560735

ISBN 978-986-478-056-3

2020 年 7 月再版三刷
2018 年 8 月再版二刷
2017 年 1 月修訂再版
1987 年 10 月初版

定價：新臺幣 300 元

如何購買本書：

1. 轉帳購書，請透過以下帳戶
　 合作金庫銀行　古亭分行
　 戶名：萬卷樓圖書股份有限公司
　 帳號：0877717092596
2. 網路購書，請透過萬卷樓網站
　 網址 WWW.WANJUAN.COM.TW

大量購書，請直接聯繫我們，將有專人為
您服務。客服：(02)23216565 分機 610

如有缺頁、破損或裝訂錯誤，請寄回更換
版權所有・翻印必究

Copyright©2020 by WanJuanLou Books CO., Ltd.
All Rights Reserved　　　　Printed in Taiwan

國家圖書館出版品預行編目資料

古音之旅 / 竺家寧著. -- 修訂再版. -- 臺北
市：萬卷樓, 2017.01
　　面；　公分. -- (語言文字叢書)
ISBN 978-986-478-056-3(平裝)

1.漢語　2.聲韻學　3.古音

802.4　　　　　　　　　　105024993